# 魔力树

## ① 红椅子

MAGICZNE DRZEWO
CZERWONE KRZESŁO

【波兰】安德奇吉·玛莱斯卡 / 著
吴俣  乌兰 / 译

重庆出版集团 重庆出版社

Magiczne Drzewo.Czerwone krzesło
Copyright © by Andrzej Maleszka
This translation is published by arrangement with Społeczny Instytut Wydawniczy ZNAK Sp. z o.o., Kraków, Poland
Simplified Chinese translation copyright © 2015 by Chongqing Publishing House Co.,Ltd.
All rights reserved.

版贸核渝字(2014)第39号

## 图书在版编目(CIP)数据

魔力树.1,红椅子/(波)玛莱斯卡著;吴俣,乌兰译. — 重庆:重庆出版社,2015.10
书名原文:Magiczne Drzewo. Czerwone krzesło

ISBN 978-7-229-10250-0

Ⅰ.①魔… Ⅱ.①玛… ②吴… ③乌… Ⅲ.①儿童文学—长篇小说—波兰—现代 Ⅳ.①I513.84

中国版本图书馆CIP数据核字(2015)第173501号

### 魔力树1:红椅子
**MOLI SHU1: HONGYIZI**
[波兰]安德奇吉·玛莱斯卡 著 吴俣,乌兰 译

出 版 人:罗小卫
出版策划:重庆天健卡通动画文化有限责任公司
联合统筹:重庆日报报业集团图书出版有限责任公司
责任编辑:邹 禾 许 宁 魏 雯
特约编辑:李佳熙
责任校对:刘小燕
装帧设计:谢颖设计工作室

重庆出版集团 出版
重庆出版社

重庆市南岸区南滨路162号1幢 邮政编码:400061 http://www.cqph.com
重庆出版集团艺术设计有限公司 制版
重庆市国丰印务有限责任公司 印刷
重庆出版集团图书发行有限公司 发行
E-MAIL:fxchu@cqph.com 邮购电话:023-61520646
重庆出版社天猫旗舰店
cqcbs.tmall.com
全国新华书店经销

开本:787mm×1092mm 1/32 印张:7.5 字数:95千
2015年10月第1版 2015年10月第1次印刷
ISBN 978-7-229-10250-0

**定价:24.80元**

如有印装质量问题,请向本集团图书发行有限公司调换:023-61520678

**版权所有 侵权必究**

二〇〇〇年,瓦尔塔山谷刮起了一场骇人的暴风雨。暴风雨下了整整三天三夜。小动物们都吓坏了,藏到深深的洞穴中。轰隆隆的雷声连续不断,孩子们吓得用枕头蒙住了头。许多人家都停了电,屋顶也被大风卷走了。

第三天,闪电击中了小山上的一棵巨大的橡树。大树被雷劈开,轰然倒地。整座山谷里的住宅都震颤不已,而暴风雨也即刻停止了。

那棵橡树非同寻常。它可是一棵魔法树,拥有巨大的神奇魔力,然而当时谁也不知道。

人们把橡树运到锯木厂,把它锯成木板。木板被做成了上百件不同的物品,而每一件普通的物品中都隐藏着不为世人所知的魔力。从这些东西被运到商店那一天起,各种不可思议的事情开始出现在世界各地。

## 01

午夜十二点,窗边划过一道闪电,库奇睁开了眼睛,但马上又闭上了。一秒钟后传来一声巨响,连屋子都摇晃了起来。库奇用被子盖住头,他讨厌雷电。他开始想象房子散成了碎块,或是被点着了,或者可怕的食孩兽在打雷时飞来,抢走了一切……他胡思乱想了很多。

"菲利普,你醒了吗?"库奇小声问道,"菲利普?"

没有人回答。库奇慢慢从被子里爬出来,向他哥哥的床望去。

床上没人。菲利普不在床上。库奇从床上跳下来,跑向台灯,按下开关,但灯没亮。

哥哥不在,灯也不亮!

库奇小心翼翼地打开门,走在黑漆漆的走廊上,悄无声息。只能听见水滴的声音,啪……嗒……水滴一滴滴从天花板上渗下来。

"出什么事了? 托西亚!"

库奇打开姐姐的门,无视门上写着的"谁不敲门,就得死"。库奇喊道:

"托西亚！快起来！"

但姐姐也不在。床是空的,被子则掉在地上。

库奇冲到父母的房间。

"爸爸！"

漆黑的卧室里一个人也没有。只有被门撞到的大提琴发出的长长的呻吟声。他们都去哪儿了？只剩下他一个人,在风雨交加中,还没有灯。时钟上正指着午夜十二点,这一切对一个十岁的孩子来说可不容易。

"我感觉肯定出事了。"库奇小声嘀咕道。

水从天花板上不断滴下来。啪……嗒……这种阴郁的节奏让他更加紧张。

"我必须保持镇定。我不能紧张。我肯定能想到办法的……爸爸说过,办法总是有的……"

闪电又一次照亮了黑暗的房间,白色的光映照在地板的水坑上。库奇意识到,这不是水,而是万恶的毒药。只要一滴就能将他的光脚丫烧伤。

"必须要找到谁,"他小声嘀咕道,"我一定要呼救……"

他冲到门口,但立刻想到,他不能毫无防护地就走出家门。他打算去拿那把闪闪发光的——爸爸给他的,但想想还是算了。他知道,那只是件儿童玩具,根本保护不了他。

他拿了姐姐的金属长笛。长笛是一件危险的武器,因为

它有凸出的琴键,而且还很重。库奇朝门的方向跑去。正当他要转动门把手时,听到了轻轻的开门声。门外有人将钥匙放入门锁并慢慢地转动。

库奇吓傻了。

"他们抓走了所有人,现在又回来抓我!"他绝望地想到,"他们想抓走罗斯家族最后一个人。"

门闩嘎吱作响,开始移动。门把手慢慢下滑,紧接着嘎吱一声门慢慢地打开。库奇用尽所有力气跑开,藏到挂在门厅挂钩的外套后面。在黑暗中,他看见一个戴着头盔的人影正向他走来。不能再等了,必须先下手为强。库奇从外套后面跳出来,尽力将金属长笛砸向对方。他听到一声尖叫:

"啊!"

紧接着有人喊道:

"库奇,你这个蠢货! 你想干什么?"

他十二岁的哥哥菲利普摘下自行车头盔,揉着脑袋吼叫。妈妈穿着湿漉漉的雨衣,手里拿着手电筒匆匆跑了进来。

"出什么事了?"

"库奇想把我打昏。"

妈妈跑向库奇。

"小宝贝儿,你睡醒了? 我就说过,必须有人留下来陪

他!"妈妈抱了抱库奇,"别害怕,我们回来了……"

爸爸和托西亚也走了进来,他们浑身都湿透了。爸爸拿着几块木板和几段塑料管。菲利普冲着妹妹喊道:

"托西亚!库奇毁了你的长笛!"

"什么?"

托西亚拿起长笛,长笛已经被砸歪了,吹口也裂开了。

"你们干吗要弄坏长笛?"

"不是我们!是他干的!"

"安静,"爸爸说道,"你们去把湿的东西都挪开,再弄点热茶来。全部都去。"

妈妈抱着库奇一起去了厨房。

餐桌上点着蜡烛,妈妈把热气腾腾的茶水倒进杯子里。暴风雨已经停了。裹在被子里的库奇打着哈欠。菲利普把冰块敷在头上被打的地方,而托西亚则试图修复长笛。

"大风吹破了阁楼上的一扇窗户,"爸爸说道,"水都漏到屋子里来了。所以我们必须爬上屋顶把窗户修好。不然我们就要睡在水族馆里了。"

"而且还断电了!"菲利普喊道,"刚才就像是在棺材里一样黑。"

"为什么你们出去不带上我?"库奇生气地说,"我也想到屋顶上去。"

"你还太小,不能上屋顶,"菲利普说,"闪电很吓人的,感觉每一秒都要被击中。我使劲抓着爸爸,不然大风就会将他吹走。要是你的话,早就被吓死了!"

"我才不会呢。"

"肯定会。当时太危险了,爸爸还要我戴上头盔呢。"

"就是因为你的头盔,害得我的长笛都被打歪了。"托西亚小声抱怨道。

"难道你想让那个长笛直接打在我的脑袋上?"

"我是希望用别的东西打。假期之后我就要考试了。我拿什么来练习?"

库奇偷偷看了看姐姐,她正伤心地看着被打歪了的长笛。托西亚和菲利普都在音乐学校上学。她才十一岁,但所有人都说她真的很有音乐天赋,就跟她父母一样。他们都曾是管弦乐团的音乐家。菲利普的小提琴也拉得不错,但他没有耐心好好练习,因为他还喜欢其他很多东西,比如说足球和角色扮演游戏。

"对不起,"库奇对姐姐说道,"我没想把它弄坏的。"

"好了,"托西亚抱了抱弟弟,"我已经不生气了。这并不是你的错。"

"我打他是因为我以为他是吃小孩的怪兽。"

"我就是!"菲利普发出鬼一样的笑声,"等你睡着了,我就把你搁在我身上的爪子吃了。你记得要洗一洗哦,因为我可不吃脏东西。"

等他们去睡觉的时候已经半夜一点了。妈妈还过来跟他们说晚安。当她在库奇的床边弯下腰时,听见库奇小声跟她说:

"妈妈……"

"怎么了,小宝贝儿?"

"你知道我为什么会醒吗,因为我做了一个很蠢的梦。"

"别去想了。"

"但我想跟你说说。我梦见你和爸爸不想要我们了。你们把我、菲利普、托西亚送给某个陌生人,然后就离开了。"

"这梦太蠢了,快忘了它。不论是我还是爸爸,我们永远都不会丢下你们的。晚安。"

## 02

两个星期后,一张椅子在红格家具厂诞生了。这张椅子是用那棵橡树做成的,并被刷上了红色的漆。这张椅子是独一无二的,它将要被送往格但斯克的家具市场。当胖司机——人们一般喊他"肥仔"——把椅子放到卡车上时,他突然注意到椅子是热的,还微微地动了动。当时他觉得这肯定是错觉。

但这并不是错觉。

当红椅子在运送的路上时,菲利普和库奇正在换灯泡,因为这天他们的姨妈马莉拉要过来,但他们谁也不喜欢这个姨妈。家里大扫除。妈妈让菲利普去换灯泡。库奇想要帮忙,所以俩人一起去拿梯子。突然梯子断了,他们急忙抓着吊灯,在离地面大概两米的地方晃来晃去。

菲利普先跳了下来,什么事也没有。库奇还挂在灯上。

"我要抓不住了。"他喊道。

"那就跳下来!"

"我会摔死的。要么腿摔断!要么脑震荡……"

"你哪还有脑子!……快跳!"

"不要!"

"那你就继续再挂会儿!"

菲利普跑向圆桌,桌上摆满了盘子和杯子,中间还有一个大蛋糕。他将桌子推到吊灯下面。

"你快跳!"

"我决不跳!"库奇大叫。这时吊灯突然掉了下来,库奇摔到桌上。幸运的是蛋糕充当了一个缓冲。奶油喷溅到墙上,杯子四处乱飞,装果汁的瓶子碎成上百块。吊灯被电线扯住,在离库奇头顶一厘米处摇摆。

托西亚跑过来,紧接着爸爸妈妈也过来了。

"你们两个蠢货刚刚都做了什么?"托西亚尖叫。

"我们想要换灯泡。"

"去拿桶和抹布。快点!"

妈妈和爸爸跑向库奇。

"你没事吧?"

"应该没事。"

"快晃晃手。有没有觉得哪里疼?"

"我屁股疼。"

"还好没事……快去换衣服。"

库奇跑到走廊,一路上都是他留下的奶油足迹。妈妈坐在沙发上,绝望地看着破碎的餐具和压扁在地毯上的蛋糕。

"我已经筋疲力尽了。我尽力想让这个家看起来像是一个正常的家,但现在根本是一团糟!她肯定又会说我什么事都办不好。"

"我就说过,别邀请这条水虎鱼了。"爸爸边说边将碎杯子从地上捡起来。

"她可是我姐姐!她已经五年没来过我们这儿了。"

"因为她害怕要花钱给孩子们买礼物,比如说三块糖。"

"别说了。她才没有那么抠。"

"那为什么一看见姨妈,那些花儿都蔫了。"菲利普问道。

"什么?谁说的?"

"爸爸说的。"

"你们给我听着,我不允许你们再这么说马莉拉!我们请她来是为了向她借钱,你们难道忘了吗?我们必须还贷款。她给托西亚买过长笛。我们只能向她借钱了……"

"姨妈才不会借呢,她跟苏格兰人一样小气。"菲利普说。

"如果你们对她态度这么恶劣,她肯定不会帮我们的……"

这时,四点的钟声敲响了。妈妈马上跳起来。

"天哪!还有一个小时她就要来了……她从来不迟到的!托西亚!你们快去买个新蛋糕。还有一些小饼干什么的。马莉拉最喜欢吃甜食了……钱给你们。你们再去施密特女士那儿借几个杯子来。快去!"

红格家具厂的卡车在一座桥上停了下来。路被堵住了,排队的车流一直延伸到转弯处。肥仔从驾驶室探出头来。

"出什么事了?"

"一个事故,"交警一边指挥着车流一边喊道,"一辆运胶水的货车翻车了。许多车和几个人都被粘住了。人们正在想办法把他们解救出来。"

"真是见鬼了。"

肥仔拿起电话,准备打电话跟老板说,正在此时,他听到一个奇怪的声音。什么东西在他的车里敲打。他转过身,留心听了会儿。

声音又来了——砰的一声,好像卡车里装的不是家具而是老虎。

"这是怎么回事儿?"

肥仔下了车,跑到车尾的大门前。里面好像有什么东西在挠门和拍门。

"呃,谁在里面?"

肥仔小心翼翼地将手伸向门把手。就在他快要碰到门把手时……嘭的一声巨响,门弹开了,肥仔被撞飞到草地上。他被吓傻了,慢慢地站起来,看着车子。在开着的车厢里,站着一把红椅子。家具自己动了!

肥仔慢慢地来回踱步,好像要把这一切看个明白。接着椅子开始弯下腰来。

"这是什么?"

嗖!椅子像老虎那样一跃而起,飞过肥仔的头顶,肥仔高声尖叫,闭上眼睛。过了很长一段时间,他才敢睁开。此时红椅子一动不动地站在人行道上,就像一件再普通不过的家具。肥仔小心翼翼地伸出手,想抓住椅子腿。椅子踢了他一脚,跳上了桥的护栏。椅子在栏杆上翩翩起舞,椅子脚交替着抬起放下。肥仔疯了似的看着它,他凑上前想抓住椅子。这时椅子顺势跳入水中,水花四溅。椅子沉入水后,又慢慢地从水里露了出来,浮在水面上,顺水而行。

"请给我一个蛋白酥皮蛋糕和十二块饼干。"托西亚说道。

"哪种饼干?"

"要有果子冻的那种。或者不要那种,要有太妃糖奶油的那种。"

三个孩子站在蛋糕店的柜台前。售货员一边将蛋糕用纸盒包好,一边赶走那些拼命往甜品上扑的苍蝇。

"我想要一个冰淇淋。"库奇说。

"我们没有钱了。"

"就买一个冰淇淋球。"

"我跟你说了,我们没有钱。"

他们拎着装着蛋糕和饼干的纸盒走出了蛋糕店,沿着河边的林荫大道一路小跑。

"为什么我们现在什么都买不了?"库奇问道。

"你还太小,不会明白的。"

"才不会呢。我想知道。快告诉我! 不然我就把蛋糕扔到地上。"

"爸妈工作的那个乐团解散了,"菲利普说,"现在他们失业了,你明白了吗?"

库奇惊慌地看着他。

"爸妈没工作了?"

"是的。"

"为什么他们没告诉我?"

"妈妈不希望你担心。"

"那现在怎么办?"

"他们必须找到其他工作。"

"如果他们找不到呢?"

"他们会向马莉拉姨妈借钱,"托西亚说道,"姨妈很有钱。"

"她才不会给我们什么呢,她很小气。"库奇沮丧地说道。

"这些话可不要对她说。我们必须对她很好。我是说认真的,你明白吗?"

他们在河边一座绿房子前停下来。

"你在这等一下。我们去找施密特太太借杯子。"

菲利普和托西亚走到房子里,而库奇坐在石桥上。他想,一定要帮帮爸爸妈妈,尽管他完全不知道该怎么帮……突然他跳了起来,抓起一块躺在人行道上的砖头跑到桥上。他在上面用大写字母写道"超棒的音乐家正在找工作",并把妈妈的电话也写在了旁边。

"我可以到处去写,在每条街上都写!"

他刚想跑到桥的另一边,突然一个东西引起了他的注意。河里漂着一个奇怪的东西,只有一些红红的发亮的部分露出水面,其余的都藏在水下。库奇从栏杆上探出身子仔细察看,红色的东西在水面上时隐时现。库奇突然想起一部电影中的场景,一个男孩钓到了一个装在箱子里的木乃伊。木乃伊戴着一个金色皇冠,但紧接着它复活了,然后吞噬了半个纽约……

红色的"不明物体"正在不断靠近。库奇趴在桥上,伸出手。幸运的是桥很矮,离水面不远。他把手向外继续努力地伸了伸,几乎就要掉到水里了,但还是够不着。他本以为抓不到那个东西了,但那个物体突然停了下来,径直漂向他的手。库奇抓住了它,费了好大力气才把它从水里拖出来。

库奇感到很失望。这并不是什么宝贝,只是一把普通的椅子,但看起来像是一把新椅子,红色的漆在阳光下闪闪发亮。库奇用袖子擦干座位,坐了下来。令他感到奇怪的是,好像有一股电流轻轻流过他全身。

"你从哪儿弄来的椅子?"

他转过身,菲利普从绿色的屋子里跑了出来,托西亚跟在菲利普身后。

"你哪儿弄来的?"

"我钓到的。"

"别管这个垃圾了。我们要回去了,姨妈马上就要来了。"

"我要把它带回家。"库奇坚定地说道。

"你傻了?干吗用?"

"既然我们现在很穷,那就应该收集各种东西。"

菲利普嗤之以鼻地笑了。

"你这个小屁孩!"

库奇没有回应。他拿起椅子,朝温奈克路走去,他们家就在那条路上。

在温奈克路七号的楼前,停着一辆黑色的奔驰车。从车上下来一位又高又瘦的女人。尽管天气很暖和,她仍旧穿着一件长外套,看起来就像是扣到脖子的军队制服。她脚上穿着一双红色的高跟鞋,手里拿着黑色雨伞。她的眼睛隐藏在深色的镜片后,完全看不出她是在生气、忧伤或者只是不开心,但可以肯定的是她看起来一点也不像个开心的人。她不情愿地看了看面前的楼房,这幢房子有好几处地方都在掉泥灰,墙上有五颜六色的涂鸦。菲利普、托西亚和库奇跑了过来,库奇还拎着那把椅子。

"我难道没教过你们要问好吗?"那个女人质问道。

父母像泥人一样地待在原地,这时才突然注意到这一点。

"您好,姨妈。"托西亚说道。菲利普和库奇只是一边点点头,一边含糊地哼了哼。

"这是什么?"姨妈用雨伞指着红椅子问道。疲倦的库奇正坐在椅子上。

"我从水里捞上来的。"

"想不到你们过得这么惨,竟然需要靠捡垃圾……"姨妈叹息,按了按车钥匙上的按钮。奔驰的门应声锁上,从顶部弹出一只铁做的猫。那只猫一边跳一边喵喵地叫。

"这是什么,姨妈?"库奇惊奇地问道。

"这是用来吓鸟的,不然那帮蠢货会弄脏我的车。"

姨妈朝门走去,托西亚小跑着跟在她后面。

库奇小声跟菲利普说:"我希望有一千只鸟飞过来,每一只鸟都在她的车上拉一坨屎。"

"别说了!快走……"

库奇从椅子上站起来。他拿起椅子和菲利普一道跑向房子。

他们并没有注意到,此时在天上聚集了一大片黑压压的云,云不断地变大并快速地朝他们家飘来。

这朵云其实是一大群鸟。

"你们必须要对她很友好,好好表现。"妈妈一边小声地说,一边将饼干放到盘子里。"别做那些鬼脸了。姨妈会不高兴的。"

"姨妈才不会不高兴呢,因为她就是一个机器人。"

"你在说什么?"

"爸爸说,姨妈就是一个只知道赚钱的机器人。"

妈妈生气地看了爸爸一眼。

"把饼干拿到房间里。我马上过去。"

姨妈坐在沙发上,看着弯了的长笛。然后严肃地看着托西亚。

"你为什么要把它弄坏?"

"是我把它弄坏的,"库奇主动承认,"我想用它对付吃小孩的怪兽。"

"你应该学会珍惜东西。你吹得好吗?"

"应该还不错。"托西亚说。

"托西亚吹得很棒,"妈妈一边喊,一边拿着蛋白酥皮蛋糕走了进来,"她的长笛是全校吹得最好的。你们都来坐吧。"

大家围着圆桌坐了下来。孩子们尽可能坐在离姨妈远一点的地方,库奇则坐在他捡来的红椅子上。

"我记得你喜欢蛋白酥皮蛋糕吧,好姐姐?"妈妈问道。

"不喜欢。"

妈妈不安地看了看姐姐。

"我记得你小时候很喜欢甜食的。"

"我装的。你知道这是为什么吗? 为了他们能给我买甜食的钱。但我把那些钱都藏在罐子里了,到今天我还存着那些钱。"

"为什么姨妈不把它们花了?"库奇好奇地问道。

"因为我更喜欢攒钱,"她严肃地看着库奇,"你攒钱吗?"

"我在攒钱买船模。但攒不起来,因为我总是会把它们花掉。"

"说明你根本不想要那艘船模。"

"我非常想! 航空母舰,模型1号到200号都要……"

库奇感觉红椅子晃动了一下。同时从走廊传来一些嘈杂声。姨妈环顾四周。

"你们养了动物?"

菲利普、库奇和托西亚跳起来,跑向走廊。围栏的门大开着,在门前的垫子上放着一个巨大的盒子,上面画着军舰。

库奇跑向盒子。

"啊!航空母舰!就是我想要的那个!它是从哪儿来的?"

"也许是姨妈给你买的礼物,"托西亚小声说,"也许她给所有人都买了礼物?"

"我不相信。"菲利普低声说。但他还是朝门外看了看,没看到其他东西。

"你快去跟她道谢,"托西亚推着库奇往门那边走,"快去!"

库奇拿着盒子跑向房间。他站在姨妈面前,迟疑地说道:

"非常感谢,姨妈。"

"感谢什么?"

库奇奇怪地看着她。

"嗯,就是谢谢您的礼物。"

"什么?什么礼物?"

库奇指了指航空母舰的盒子。

"姨妈怎么知道这正是我想要的?"

"我什么都没给你买过!"姨妈叫道。

感到惊讶的库奇看了看妈妈,妈妈微笑着说道:

"谢谢你,马莉拉……"

姨妈打断她的话。

"难道非要我说些不好听的吗?你难道认为我必须给你的孩子买礼物?我认为,小孩子就不应该收到礼物。他们必须靠自己努力去获得想要的东西。"

她生气地站了起来,走到窗边。一家人惊讶地看着她。库奇依靠着爸爸。

"爸爸……我要不要把航空母舰还给她?"

"不用。或许她只是希望你不要感谢她。"

"为什么?"

"我不知道……"

"你还要咖啡吗?"妈妈问,"或者来点果汁?"

姨妈转过身来。

"别白费力气了,妹妹。我非常清楚你想求我干什么。你想向我借钱,对不对?"

屋里瞬间就安静了。

"你知道的……"妈妈鼓起勇气,"我们经济上遇到了一些问题……"

"你们总是遇到问题。"

"我们丢了管弦乐队的工作。我们需要一些现金,肯定会还你的,一旦……"

姨妈打断了妈妈的话。

"我不会借钱给你们的,因为你们还是会把钱花光。"

爸爸站了起来。

"你看,但……"

"你别打断我。"

姨妈走向妈妈。

"我给你一个建议。有一个对音乐家来说非常好的工作,一年赚的钱就可以让你们买得起一幢像样的房子。"

"什么工作?"妈妈问道。

"在维多利亚女王号游轮上的交响乐团演奏。"

"什么?"

孩子惊讶地看着姨妈,父母也感到很吃惊。

"要我们在游轮上卖艺?"

"怎么了? 很丢脸吗?"姨妈不屑一顾地说道,"维多利亚女王号是世界上最奢华的游轮。有钱人都是乘这艘轮船去加勒比的。他们正在招募演奏交响乐的音乐家,收入很可观,还可以免费周游世界。"

"那艘船要走多久?"

"一年。"

"难道我们要外出一年?"妈妈叫道,"这不可能,我们还要照顾孩子呢。"

"我会带孩子们去我家的。"姨妈说道。

父母惶恐地看着她。姨妈冷冷地看了孩子们一眼。

"我搞得定他们!他们起码要学点规矩。当然你要把他们的管理费寄给我。"

"难道要我们扔下孩子们一年?不行,"妈妈坚定地说道,"我们肯定不会这么做的!"

"你永远不听我的!"姨妈从沙发上站起来,"那随你便!"她生气地抓起外套,朝大门走去,"你要记住,我再也不会帮你了!"

"马莉拉,等一下……"

"等什么,等你们变聪明?那我可能是等不到了!"

姨妈摔门而去。妈妈想要去追,但被爸爸拦住了。

姨妈走下楼梯,高跟鞋敲打在梯级上。她打开院子的门,瞬间僵住了。

她的车子上空盘旋着几百只鸟,看起来就像一朵硕大的云在尖叫。还有很多鸟站在车上,把车变成一个披着羽毛的怪兽。

"它们是疯了还是怎么了?"

姨妈朝车子走去。她一边大叫一边挥舞雨伞,试图赶走在她头顶飞来飞去、疯狂乱叫的鸟。白色的鸟粪从四面八方向她袭来,弄脏了她的外套和雨伞。最终,她费了好大的力气才打开门,钻进车里。雨刷疯狂地摇摆,试图将窗户弄干净。过了一会儿,伴随着轮胎的摩擦声,奔驰车启动了。乌云跟在它后面飞。

父母并没有看到这个神奇的场景。他们默默地坐在沙发上。最后托西亚忍不住小声问道:

"妈妈……你们哪儿也不会去的,对吗?"

"我们不会走的。"

"你们会不会把我们送到姨妈那儿?"菲利普问道。

爸爸将手放在他肩上。

"我们永远不会把你们送给任何人,我保证!"

库奇仍旧靠着妈妈坐着。

"你还记得,我梦到你们丢下我们……"

"小宝贝儿,我离开你们一天都撑不下去,你明白吗?如果我上船,我会立刻从船上跳下来,游向你们。"

"但你根本不会游泳。"托西亚说。

"没错。所以你也清楚,那份工作不适合我。"

"我爱你,妈妈。"

托西亚抱住妈妈,库奇也抱住妈妈。菲利普看着爸爸,突然不知道为什么,他大声笑了出来。他们感觉很幸福也很

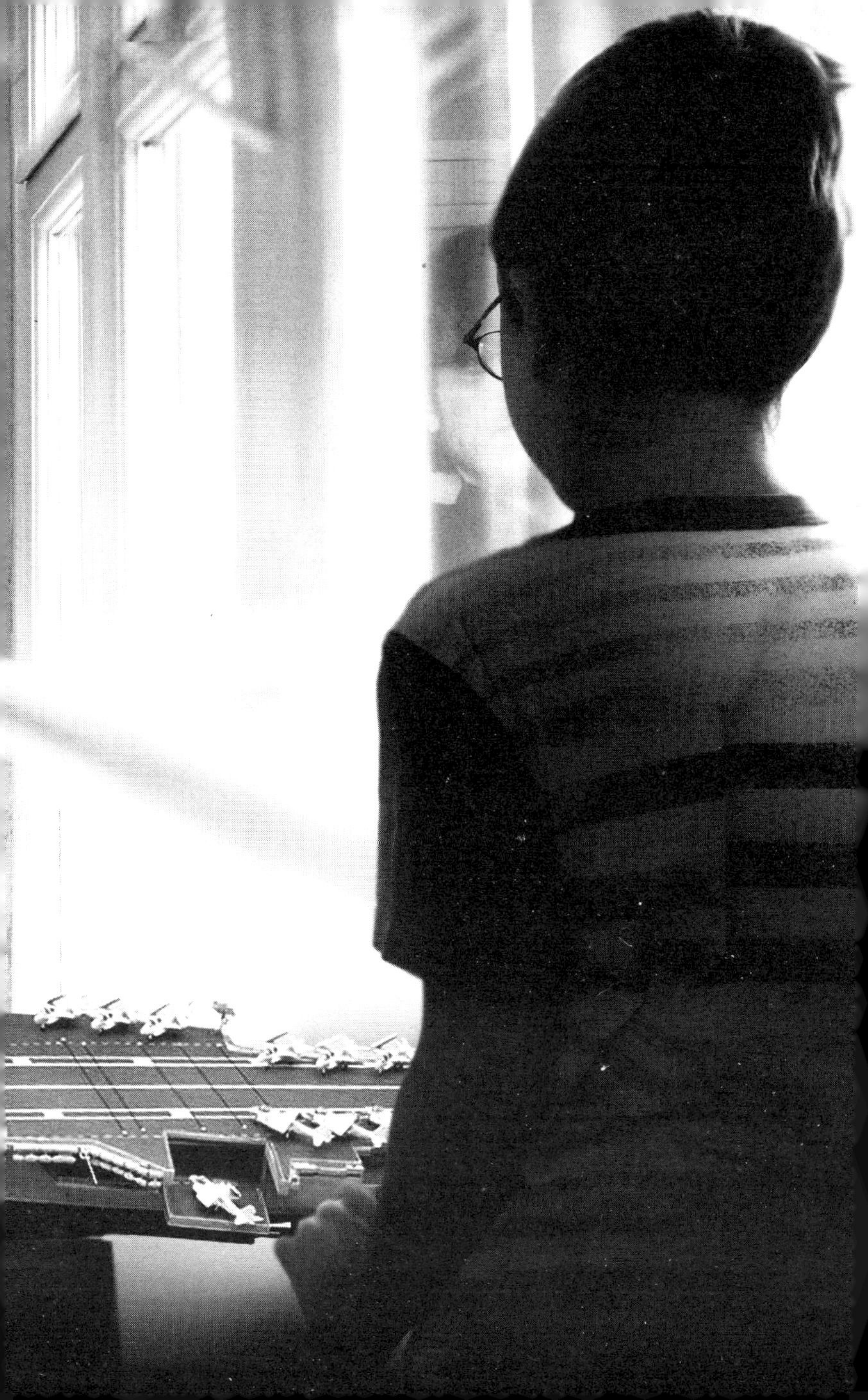

安心,已经不再烦恼了。

"水虎鱼没有吃蛋糕,谁想吃?"爸爸问道。

"我想!"

"但你们要记住:谁也别再提姨妈和游轮的事了。"

"能提我的航空母舰吗?"库奇问。

"你快打开盒子。我们把它粘起来!"

他们在天黑之前完成了大航空母舰的组建。接着妈妈和菲利普一起做了许多奶油烤菜——菲利普是奶油烤菜的专家——并一起打扑克到深夜。库奇坐在红椅子上,一直输,直到最后他大吼一声:

"我不想玩了。"

一声巨响,窗户开了。气流将所有的扑克牌都吹走了。扑克牌一边旋转一边飞了出去。正当他们准备要说些什么的时候,电话响了。

妈妈接起电话。话筒另一边传来的声音说道:

"听着,这儿有个给音乐家的工作! 你们到奥古斯丁集市来。"

"但您是?"妈妈问道。

"马科斯·罗兹姆斯。你们明早到,知道吗?"

"但您怎么知道我们的电话?"

"在桥上看到的。"那个神秘的声音说完,便挂了电话。

## 03

　　一大早父母便整理好乐器，准备去老城——奥古斯丁集市就在那里。托西亚、菲利普和库奇坚持要和他们一起去。他们想看看那工作到底是做什么的。他们匆忙从家里跑出来，忘了关厨房的窗户。

　　他们离开后，放在库奇床边的红椅子颤动了一下。它慢慢地转过来，接着朝门移动。它像一个奇怪的机器人那样，脚从不弯，只是抬起和放下，仿佛被一种不寻常的力量推动着。红椅子走到厨房，在开着的窗户前站住。突然它跳了起来，在离地面有一米的时候，以飞快的速度从窗户飞了出去。

　　清晨去老城的沃尔沃老爷车开在空荡荡的温奈克大街上。父母和装着大提琴的袋子挤在一起，并没觉得有什么妨碍。他们在猜测，到底这是一份什么样的工作，报酬会有多少。他们把报酬越想越多：

　　"一千块！"

　　"十万块！"

　　"一百万！"

　　"十亿！"

"一万亿!"

最后菲利普喊道:

"超性感多亿!"

妈妈生气地说道:

"菲利普,不许你说那样的词。"

"真的有这样的数。"菲利普坚持道。

一只小野狗坐在路边,于是爸爸放慢车速,小心地绕过它。小狗看都没看车子一眼,呆呆地望着天空。路后方飞来一把红色椅子,距离路面有几米的距离。它已经赶上了车子,正在它的上空飞。紧接着,椅子优雅地落在沃尔沃的车顶上。

车子开到市中心,这里全是五颜六色的摊位,摊位上都在兜售货物,印着广告的气球飘在空中。有人在弹奏音乐,到处都是人。在集市的中心,有一个巨大的帐篷,上面写着:"奥古斯丁集市"。

爸爸停好车。

"大家靠近一点,别走丢了。"

大家都下了车。

"库奇!"爸爸叫道,"你干吗还带着它?"那张红椅子正在沃尔沃的车顶上,椅子腿被行李扣锁着,"椅子可能会掉下来造成车祸!"

"我没有把它放到那里!"库奇叫道。

"那谁干的?"

"肯定是菲利普干的。"

"别扯到我!"他哥哥生气地喊道。

"肯定不是我放的。"

"或者你想说,是它自己飞上去的!"菲利普喊道。

"你们都别再讨论那张椅子了,"妈妈说,"拿好乐器!我们必须找到那个马科斯。"

马科斯·罗兹姆斯表面上是奥古斯丁集市的老板,但其实他是一个骗子、小偷和流氓。可以确定的是,他肯定不是一个好人。每一个想在集市交易的人都必须给他钱,不这样的话麻烦就大了。比如说车子的玻璃窗被打碎,或者头被打破。马科斯剃着光头,穿着蹦蹦鞋,就是有弹簧的那种鞋。这让他可以快速奔跑,或者踢人时更有力——如果有人不听他的话。每天一早,他就开始四处收保护费。他在一个瘦弱的男孩面前停下,那男孩是卖太阳眼镜的。

"喂,小鬼。你交钱了吗?"

"为什么还要交?"

"为了你能在这里站着。不交钱不能在这里做买卖。"

"我昨天付过了,不会再付了。"

"那就从这儿滚出去。"

"为什么?"

"因为这里是我的地盘,你明白吗?"马科斯踢翻摊子,眼镜散落一地。接着他在眼镜上跳啊跳,把镜框都踩坏了。最后,他停了下来。"怎么样,你现在明白了吧……"

他踩着弹簧鞋大步跳跃着继续向前。瘦弱的小男孩绝望地跪在地上,想从一堆碎玻璃中救出几副眼镜框。

妈妈和爸爸从人群中挤到中心位置。托西亚和菲利普拿着大提琴紧紧跟在他们身后,库奇则拿着他的红椅子。他们在一个卖糖果的摊位前停下来。

"你们在这里等会儿,"妈妈说,"我必须找一下那个马科斯……"

"我就是。找我什么事?"

父母回头看了一下。在他们身后站着一个剃成光头的男子,他穿着一双奇怪的弹簧鞋。

"您给我打过电话,"妈妈小心翼翼地说,"好像有个工作是给……".

"你们是罐子还是手机?"

"什么?"

"明白了。你们将会是手机,跟我来。"

男子向帐篷冲去,感觉像是一步就跳出了三米。他们必须跑得很快才能跟上他。

"看着像个疯子,"妈妈小声说,"皮特,我们回家吧!"

"再等一下,看看他到底在玩什么花样。"

他们来到帐篷里。里面挤满了穿着奇装异服的人。一些人看起来像是大的可口可乐罐,另一些人则扮成薯片盒的模样,他们还看见一只巨大的烤鸡在弹吉他。

马科斯从衣架上取下两件戏服,看着像是巨大的手机。衣服是明亮的黄色,上面还写着广告语"到死都能免费打电话"。

"穿上这个。"

"但拜托您,我们可是音乐家……"妈妈抗议道。

"就是这样。你们穿上手机的服装,然后你们就开始弹奏。这是促销手段,懂吗?我晚上付你们钱,一人一百。"

马科斯走了出去。妈妈看看爸爸。

"这简直是太疯狂了。我们是音乐家,又不是什么小丑。我们快离开这里。"

"你带孩子们回家。我可以扮成手机的样子,只要他付我们钱。我们必须要想办法赚点钱。"

"我们要和爸爸一起留下来。"孩子们说。

"那好吧,我也扮手机,"妈妈叹了口气,"但你们要是敢跟别人说,我可不会原谅你们。"

在集市的中央,有两个巨大的手机在演奏莫扎特奏鸣曲。妈妈极力想把自己隐藏在服装里面,因为她害怕会看见熟人。爸爸则相反,将头探出黄色外套,向孩子们做鬼脸。菲利普和托西亚坐在舞台边缘打着节奏。库奇坐在红椅子上装模作样地指挥。这时突然传来一些噪声。

从店里走出三个手捧啤酒的男人,他们一看到在演奏的手机人就开始乱叫。他们模仿狗的叫声,试图干扰音乐,其中一个还将酒瓶扔向路灯。

菲利普小声说:

"爸爸,如果出事的话,我们和他们打架,让女孩们赶紧跑。"

"我也能打。"托西亚小声说。

"嘘……别激怒他们。他们马上就走了。"

然而这帮地痞流氓并不打算去其他地方。最壮的那个男人肩上文满文身,他扔出一个罐子,从妈妈头的一侧飞过。他们叫得越来越响。

库奇转向他们的方向,吼道:

"别在这捣乱,到其他地方去撒野!"

这时神奇的事发生了。那帮地痞流氓突然就安静了,他们一动也不能动,仿佛被催眠了一样看着库奇。紧接着他们就全都逃跑了,像疯子一样跑了。几秒钟后他们就消失在街角,再也没有回来。

库奇目瞪口呆地看着他们远去,菲利普和托西亚跑向他。

"库奇……你刚刚干了什么?"托西亚叫道。

"我不知道……或许……或许我是一个魔法师?我绝对有资格!"

"那就变三个比萨……"菲利普嬉笑道。

"我想要三个配料全加的比萨。"库奇喊道。

这时传来高音喇叭的音乐,一个穿着工作服的比萨快递员骑着一辆小轮摩托车从街角驶来。他在孩子们面前刹住车,孩子们还没来得及说什么,他就给每人发了一个盒子,上面写着"热我拉比萨"。

托西亚喊道:"等一下,您搞错了,我们没有钱。"

比萨快递员大笑起来。他骑上摩托车,然后伴着高音喇叭的音乐走了。

菲利普欣喜若狂地看着姐姐。

"托西亚……为什么他要给我们比萨?"

"或许是促销?"

库奇打开盒子,里面是一个香喷喷的比萨——他最喜欢的腊肠披萨。

"我们可以吃了吗?"

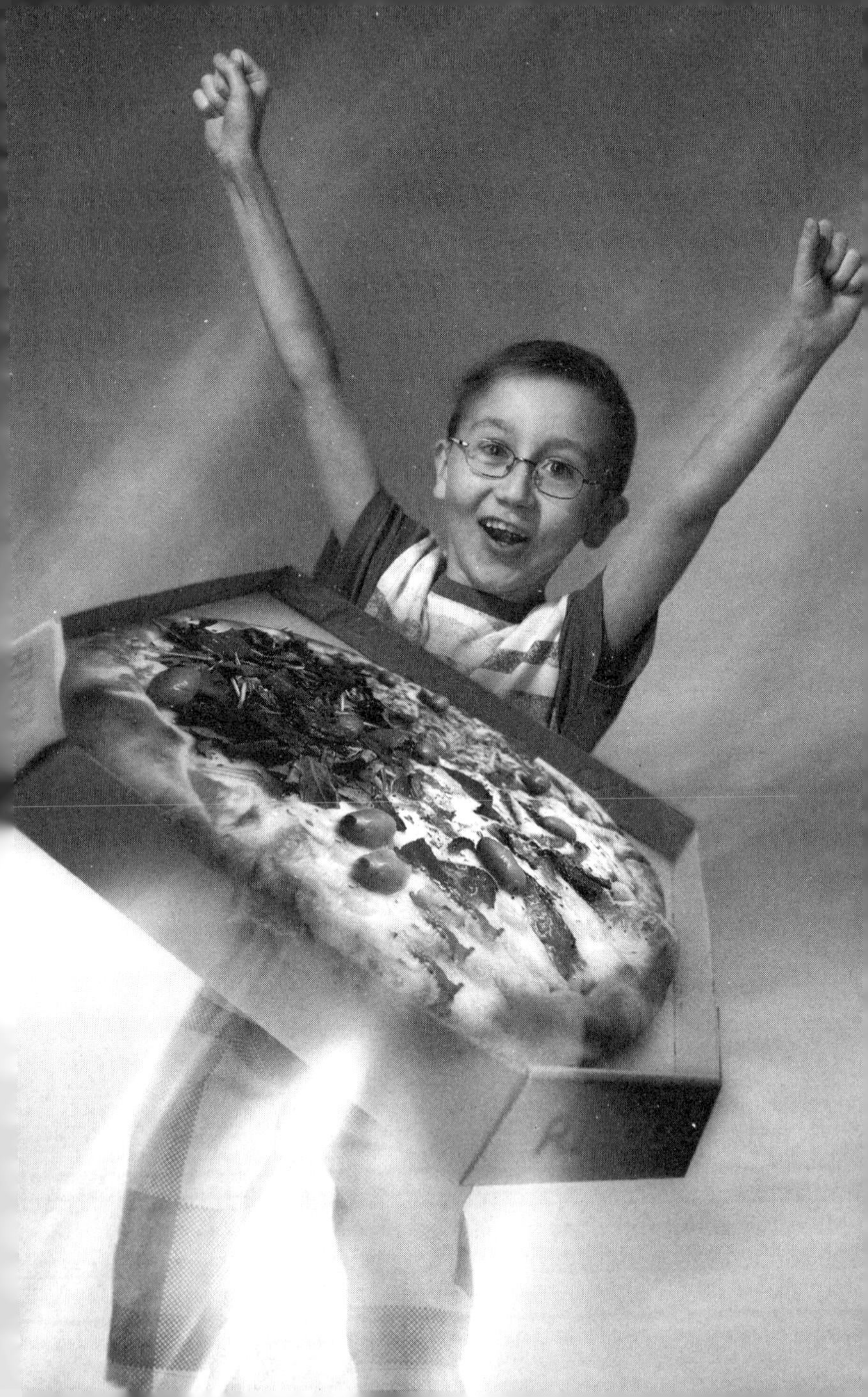

"应该可以。"

比萨非常好吃。托西亚和库奇坐在长椅上,用手撕开热腾腾的比萨。菲利普总是最快吃完饭的那一个,这时他两腿分开坐在红椅子上,拿最后一块比萨喂鸽子。

"你们想做什么,如果你们真的能施魔法的话。"他问道。

"我想变出世界上最大的轮船,用胶水粘的那种。"库奇说道。

托西亚想了想:"我想去世界各地旅游。我要变出一次远行。"

"你们这些令人讨厌的利己主义者。你们只考虑自己。"菲利普说道,舒服地躺在红椅子上,"我将会下令:让父母得到一份超好的工作并赚很多钱!"

一声巨响传来,路上的天空被闪电照得更亮,雷声不断。卧在人行道上的鸽子惊慌地站了起来。

孩子还没来得及说些什么,从市中心方向就驶来一辆黑色的奔驰,像疯了一样地飞驰而来,行人纷纷躲到路边。伴随着拖长而尖锐的刹车声,汽车在舞台旁停了下来。

"马莉拉姨妈!"库奇小声说。

姨妈从车里钻出来,甚至没有看孩子们一眼,她直接走向舞台。妈妈试图将脸藏到衣服里面,但姨妈喊道:

"别藏了,好妹妹。我一眼就看出来了,就是你!我说

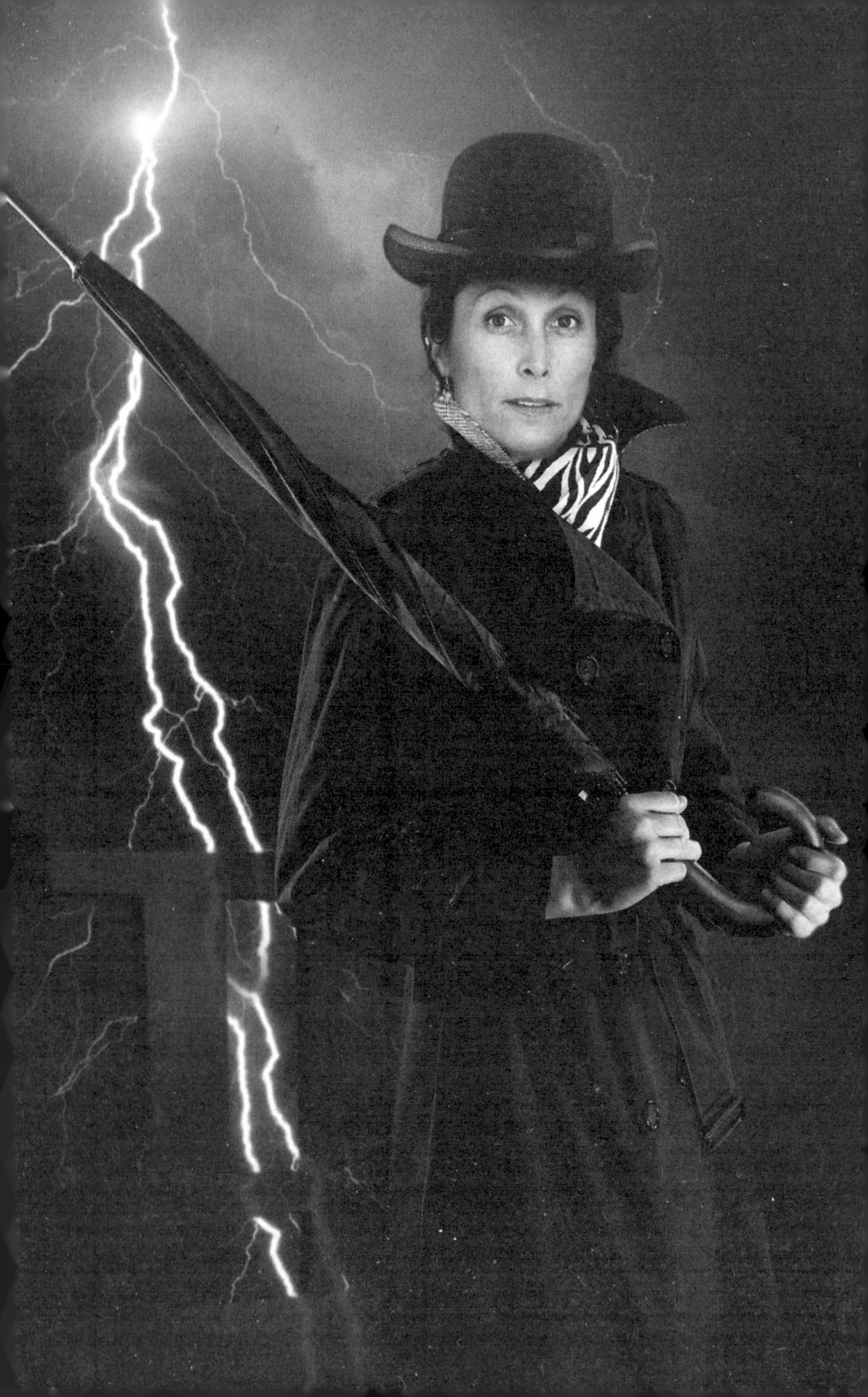

过,我再也不想帮你了。但你做这么蠢的事,我还是看不下去!"

她转向菲利普。

"给我腾个地儿!"

菲利普站了起来,姨妈坐在那张红椅子上。她打开包,拿出印着轮船图片和维多利亚女王号金色大字的文件夹,挥动着这个文件夹。

"我最后一次建议你们去这艘轮船上工作!你们再也找不到比这更好的工作了。孩子们由我来管。"

"马莉拉,我现在不能说话,"妈妈小声地说,"如果你希望,那就……"

"你知道我希望什么?"姨妈挺起身来坐在红椅子上,"我希望你们能改变想法!接受我向你们推荐的工作,从而摆脱贫穷!这才是我希望的。"

这时,一件可怕的事发生了。天空划过炫目的闪电,所有的事物都消失在这炫目的亮光中。轰轰的雷声在市中心上方翻滚,刮起了大风。吓坏了的库奇抓住爸爸的手,但爸爸把他推开。库奇吃惊地看着爸爸。

父母身上好像有什么不对劲。他们呼吸沉重,好像经过一段长跑后而气喘吁吁。他们脱掉身上的黄色外套,将它们扔到地上。妈妈从舞台上走下来,站到姨妈面前。

"我们同意了,"她说道,她的声音听着奇怪而陌生,"我们接受这份工作。"

"当然!"爸爸叫道,"这是个极好的想法:在游轮上演奏交响乐!"

孩子们吃惊地看着父母。他们不敢相信自己所听到的。

"我们终究还是必须要有一份可观的收入!"妈妈叫道。

"而且还可以通过这个机会免费周游世界!"爸爸补充道,"在这一年孩子们可以住在你那里。"

"当然,他们可以待在你那里。"妈妈说道。

"妈妈!"害怕极了的托西亚叫道。

"说定了,他们将住到姨妈家,"爸爸笑着说,"我们不能长时间照顾他们了。"

"他们要学好规矩!"

姨妈跟孩子们一样惊讶地看着父母。

"嗯……我没想到你们这么快就作出了这么理智的决定,"她说,"但你们必须快点弄好手续,因为星期天游轮就要起航了……"

"好!"爸爸喊道,"我们必须抓紧了。"

爸爸和妈妈转过身,像疯子一样冲向停车场。吓坏了的孩子们也紧跟在父母身后。姨妈钻进车里,跟在他们后面。

红椅子被留在了街上。

马科斯从另一侧跑过来,喊道:

"呃,搞什么?你们闲得无聊吗?我是一分钱也不会付给你们的!"

他在红椅子旁侧下身子,将椅子拿了起来。这时候,又一道闪电划破天空,接着雨下起来了。

已经是晚上了,雷雨越来越大。雨幕模糊了温奈克街上的房子,一道道闪电划破了天空。河里的水不断上涨,在桥下危险地敲打着。

托西亚、菲利普和库奇坐在黑暗的房间里,他们互相挤着窝在床上。库奇抱紧姐姐。他们想不明白到底发生了什么,爸爸和妈妈好像是变成了另外的人,完全不想和他们讲话。当库奇说不想去姨妈家时,爸爸命令他从房间里出去。而妈妈高喊着——就是那个平时总是微笑着喊他小宝贝儿的妈妈——说已经受够了他,受够了他和另外两个孩子。于是孩子们躲在自己的房间里,他们不知道该怎么做。他们的父母从来没有这样过。就算他们吵架,也最多持续一小会儿,之后又像是什么事都没发生过一样了。他们曾经是世界上最好的父母,然而现在一切都变了,这是为什么呢?

菲利普从小床上起来。

"我去看一下,他们在干什么。"

他走到门厅,库奇和托西亚跟在他身后。他们轻轻地走,用脚尖走,好像害怕惊醒恐怖的怪兽。菲利普小心翼翼地朝卧室看去,妹妹和弟弟躲在他身后。

"他们在干什么?"

"他们在整理行李……"

"他们哪儿也不会去的。我不相信!"托西亚小声说,"他们不会丢下我们的!"

爸爸听到他们的声音,他不情愿地看着孩子们。菲利普决定朝他走去。

"爸爸……"

"我现在没时间。你难道没看到,我们正在整理行李。"

"爸爸!你发过誓,你不会走的!"

"别发神经了。我们将会赚很多钱,还可以免费周游世界。你们可不能阻挡我们得到这个机会。别挡我的路!"

爸爸生气地将儿子推开,跑出房间。

妈妈将裙子从柜子里拿出来,匆忙地放入行李中。她看了看孩子们,但马上转开头。托西亚恳求道:"好妈妈……你不能丢下我们!"

妈妈生气地关上柜子,喊道:"待在姨妈家对你们有好处。"

"才不是!我们会过得不开心的!"

库奇抓住妈妈的手。

"你说过,离开我们你一天也过不下去……为什么你现在却要离开?难道我们做了什么不好的事情吗?"

妈妈迟疑地看着库奇。有一瞬间,孩子们觉得,他们以前的好妈妈又回来了。但这只持续了很短的时间。妈妈从他们那抽身出来,生气地说道:

"整理好你们的东西。明天姨妈会来接你们。你们听见我说的话了吗?"

## 04

"维多利亚女王号"是世界上最大的游轮之一。它从水面上升起,像是一个巨大的白色城堡,有十几层,包括游泳池、餐厅、商店和电影院。在船的侧面有上千个船舱的窗户。船的最顶端是一根巨大的旗杆,印着金色皇冠的旗帜在上面飘动。

格但斯克港口聚集了很多人,每个人都想看一看这艘不寻常的巨轮和那些有幸坐船的家伙,他们要去那些温暖国度。这将会是一段神奇的旅行。

有一架装饰过的舷梯通往甲板,上面站着一名头戴金色帽子的船员,他负责检票和欢迎每一位乘客。妈妈和爸爸提着巨大的行李箱,他们感觉很幸福,笑着看着巨轮,满是赞叹,不去理会跟在他们身后感到绝望的孩子们。托西亚和库奇都有黑眼圈,因为前一晚哭的时间比睡的时间还多。只有菲利普努力控制情绪并给他们俩打气。马莉拉姨妈走在他们身后。

父母出示了金色的船票。船员鞠了个躬,然后给他们指上甲板的路。妈妈和爸爸甚至没有再看孩子们一眼,便上了船。船员拦住孩子们。

"对不起,请问他们是跟你们一起乘船吗?"

"不是,他们留在这里。"

接着库奇猛地向前跑,从船员的肩膀下穿了过去,奔向甲板去追父母,菲利普和托西亚也跟着他跑,他们追上了父母。

"妈妈!"

爸爸妈妈不情愿地转过身。托西亚含着眼泪问道:"你们难道都不跟我们道别?"

"你们要好好听话。"爸爸说道。

"你们不要惹事……"妈妈补充道。然后他们就走了。

姨妈朝孩子们跑来。

"你们过来! 短暂的告别才是最好的。最后挥一挥手我们就走了。"

她抓住库奇的手将他拉向出口处,剩下两个孩子垂着脑袋跟在她后面。

维多利亚女王号已经驶出港口很远了,再过一会儿就看不见它了。孩子们跪在奔驰车的后座上,看着轮船。

开始下雨了,水柱慢慢流过车窗,库奇不知道究竟是雨水还是泪水模糊了他的视线。姨妈一句话也没说,启动发动机,车便开走了。雨一直在下,雨刷在转动,姨妈没有打开收

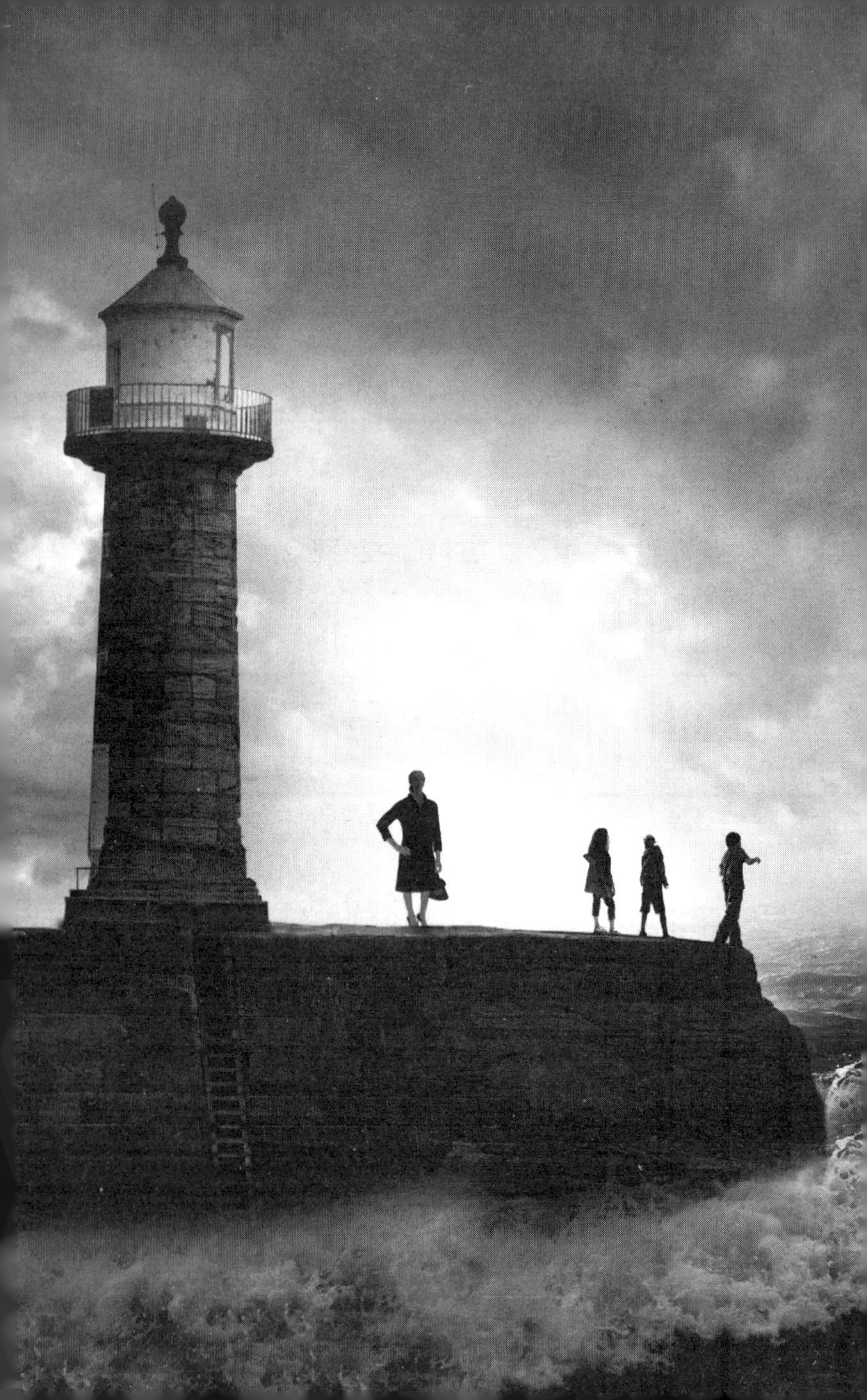

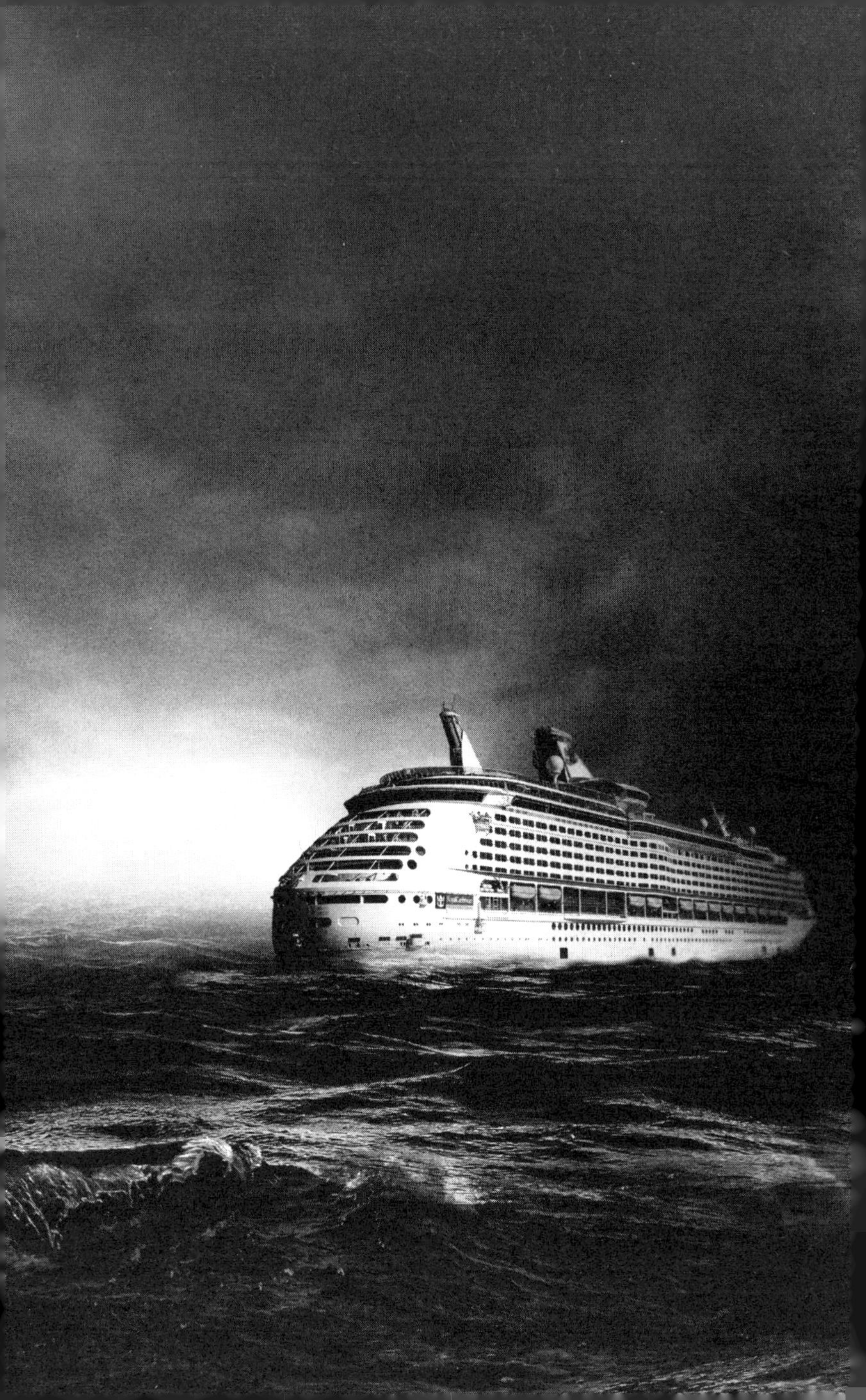

音机。他们在一片沉默中前行。

当他们开到姨妈家,已经是黄昏了。孩子们从没有来过这里。这是一座超大的房子,非常现代,但奇怪的是,这里让人感到并不友好。房子里的所有东西都显得不开心并且太大了。房子由高高的篱笆围着,上面装了探头。在花园里,树木都被修剪成等边三角形的形状,没有花。当车快到时,大钢门开始打开。当车子行驶在石头铺的路上时,大门嘭的一声就关上了。当姨妈碰到门把手,家门也是这样就打开了,孩子们跟着她进入屋子。姨妈一拍掌,灯立刻就亮了。照亮巨大门厅的灯光都是蓝色的。地板用冷冷的黑色石头铺成,墙都是用玻璃和金属做的。所有东西只有两种颜色——白色和黑色。孩子们惊讶地看着这些东西。

"如果想要过得融洽一点,你们就必须遵守规矩。"姨妈说道。这是在他们跟父母告别后,她第一次开口跟他们说话:"首先是整齐:每个东西都有自己的位置,我希望在它们所在的位置上找到它们;第二是节约:如果你们想得到什么,你们必须给我三个理由,告诉我为什么你需要那样东西,不然你们就休想得到;第三是安静:我希望在我家里没有尖叫和喧哗。"

在讲话的过程中,姨妈带孩子们穿过宽大的长廊。走廊的尽头是宽宽的台阶,那里站着一个女人,她正在用黑色抹布清洁楼梯扶手。当她转过身,孩子们注意到,她非常年轻,最多只有二十岁,有一头红头发。

"这是玛蔡丽娜,"姨妈说道,"在这里烧饭和打扫卫生。你们向她问个好。"

孩子们喃喃道:"您好。"

红发女做了一个复杂的手势作为回应。

"她不会说话?"感到奇怪的托西亚问道。

"感谢上帝,不会,"姨妈咕哝着,"在我的家里,我只雇佣那些聋哑人。这样我至少确信,他们不会偷听和制造噪声。"她转向被惊呆了的孩子们,"你们的房间在楼上,在走廊的尽头。放好你们的东西,然后下来吃晚餐。"

"我们不饿。"菲利普生气地说。

"随便你们。"

孩子们的房间很大,就像这个房子里的其他东西一样,墙消失在黑暗中。房间里有三张床,金属做的沙发,地板上铺着厚厚的黑色地毯。当他们进入房间,腿就陷入这软软的地面,托西亚有种错觉,觉得像是走入了厚厚的灰尘中,但这

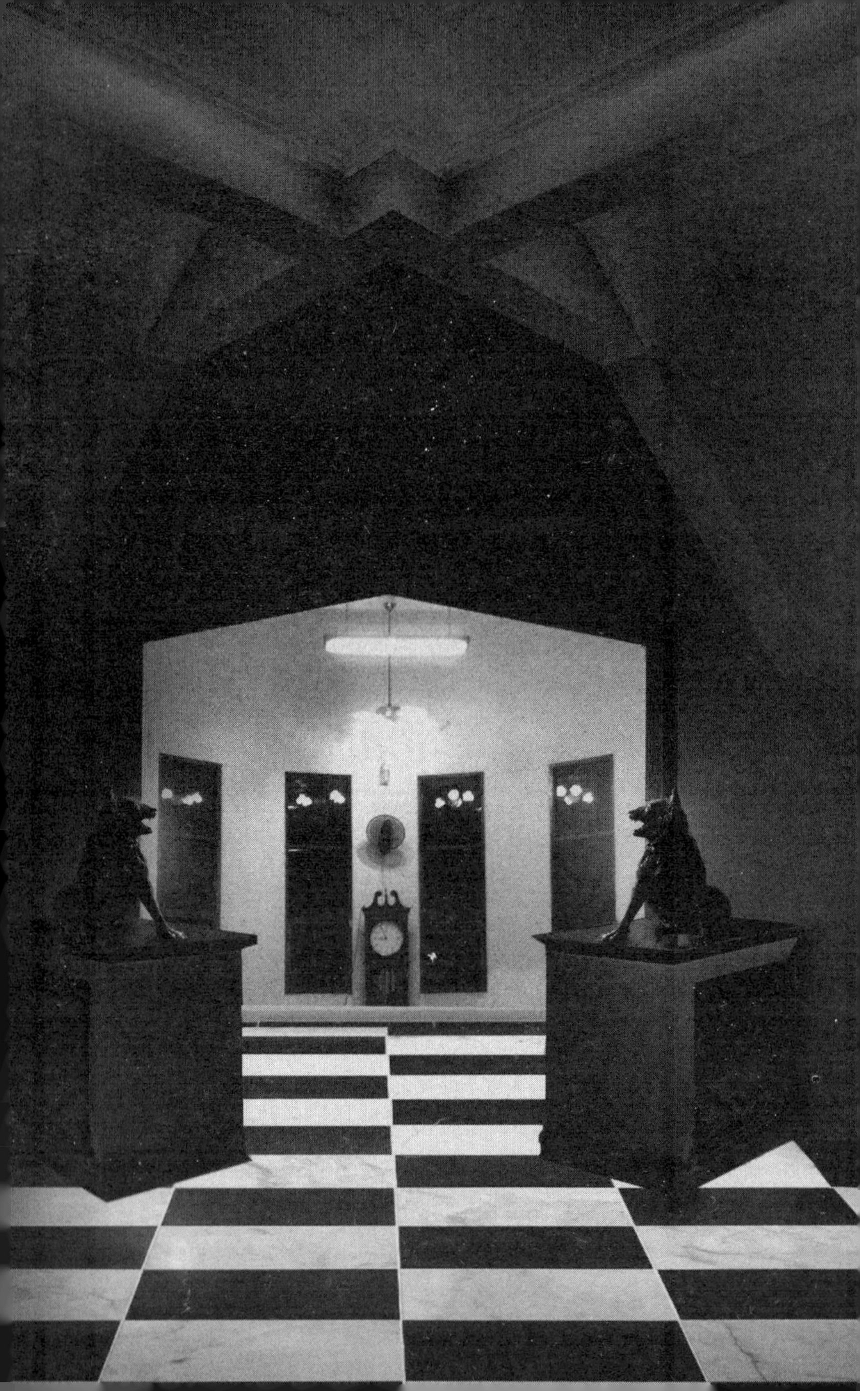

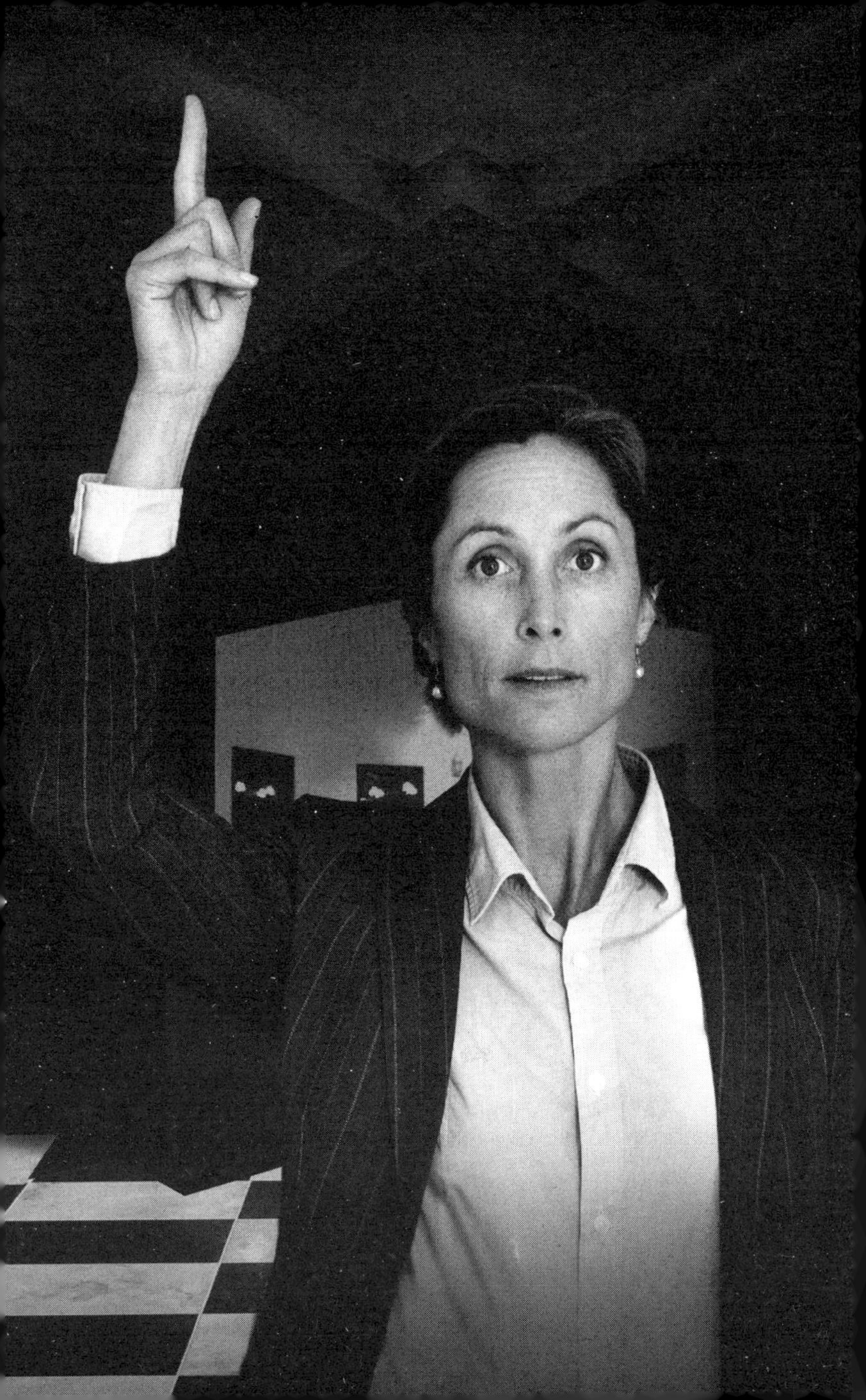

里没有灰尘,所有东西都非常干净,只有两种颜色:黑色和白色。除了灯是蓝色的,散发出阴郁的灯光,像是在吓人的恐怖片里一样。背包放在一边没有被打开,因为孩子们觉得,如果他们将东西放入柜子里,那他们就要一直待在这里了。托西亚拿出日历,划去今天的日期。

"菲利普,还有三百六十四天,"她绝望地说,"待在这里我们会疯掉的。"

"我们逃离这里吧。"

"去哪里?"

"去爸爸妈妈那里。"

"你傻了?他们可是在轮船上。"

"每个星期他们就会驶向某个港口。"

"那又怎样?"托西亚喊道,"是他们将我们扔给这个可怕的姨妈的!他们已经不想要我们了,你懂吗?"

这时库奇站了起来,他说:

"这不是我们真正的爸爸妈妈。"

托西亚惊奇地看着她的弟弟,但库奇肯定地重复了一遍:

"这不是我们真正的爸爸妈妈。我们真正的爸妈从来不会将我们扔下。"

"是吗?那他们为什么要把我们扔给姨妈?"

"因为他们被施了魔法。"

托西亚想要让他别再胡说了,但菲利普先一步阻止了她。

"库奇说得有道理。"

"你们都疯了吗?"

"没有……我们必须好好讨论一下,但不是在这里。这里肯定会有什么探头或有人偷听。我们从窗户出去……快点!"

他们跳到车库的顶上,然后从那里进入花园。他们在花园最远的地方——多刺的冬青灌木后会合。

菲利普首先开始发表自己的观点:"你们听着。我想了很久为什么会发生这样的事。我也认为是因为魔法。"

"你们俩都疯了。爸爸妈妈只是想离开去赚钱,这就是你们所谓的魔法。"

"不对!"库奇喊道,"我很肯定这是因为魔法。魔法迫使爸妈去做不对的事情。"

"没有什么魔法!"托西亚喊道。

"像电影里那样的魔法是没有,"菲利普说道,"没有什么魔法棒、会飞的扫帚或者其他什么。但这肯定是某种不为人知的强大魔力。"

"那为什么这种魔力会碰巧跟我们扯上关系?"

"我不知道。可能我们在不知不觉中说了魔咒,或者碰了什么东西。我们必须找到那到底是什么,不然爸爸妈妈就再也不会回到我们身边了。我们就要一直待在这里。"

库奇从草坪上跳了起来。

"或许姨妈是一个女巫?她绑架了我们,现在想让我们窒息,然后吃了我们。"

"你们太过分了,"托西亚小声说道,"姨妈是不好,但不是食孩兽。"

"你怎么知道?"

这时,草丛里传来了沙沙声,是轻轻的脚步声。聋哑人玛蔡丽娜从灌木丛后走了出来,手里拿着刀和苹果。她看了看孩子们,开始挥舞手臂。库奇不安地看着那把刀,躲到菲利普身后。

"她想要什么?"

"或许我们应该回到房间。"

孩子们站起来,走进屋子里。红发女跟在他们身后,仔细地看着他们,刀在月光下闪着光。

姨妈站在台阶上,他们几乎认不出她,因为她脸上涂着某种蓝色的面膜。

"你们真的不饿吗?"她问道。

"不饿。"

"那就去睡觉。"

当孩子们到了房间,库奇小声说道:

"你们看到姨妈把什么涂在脸上了吗?"

"可能是某种面膜,"托西亚说道,"女人将这些涂在脸上,为了不长皱纹。"

"没错。她的面膜是用小孩子做的,为了看起来更加年轻。我肯定!"

他们相互看了看。为了以防万一,他们用桌子堵住了门。

直到早上他们也没有窒息或是被吃掉。阳光照进房间里,托西亚是第一个起床的,她觉得这个房间现在看起来温暖多了。他们在奇怪的浴室洗好澡——这个浴室的水从四面八方喷出来。接着他们去吃早饭。

姨妈不在。玛蔡丽娜打着手势向他们问好。他们在桌子边坐下,桌子也是用黑色石头做的。红发女递给他们切片面包、奶酪和香肠。库奇怀疑地看着香肠,好像在等待被施了魔法的孩子们的叫声。他推开盘子。

"我不想吃香肠,我想要肉片……"

"你要有礼貌。"托西亚小声说。

"怎么了?她根本听不见。"

他们看了看玛蔡丽娜,她也困惑地盯着他们。突然,她走到库奇面前。

"你想要什么样的肉片?"她问道。

孩子们惊奇地看着她。

"你会说话?"托西亚叫道。

红发女笑了。

"当然……"

"那你干吗要装?"

"因为你们的姨妈只雇那些不会讲话的人,我只好装哑巴了。"她弯下腰对孩子们说道,"你们不会告发我吧?"

托西亚和两个男孩马上说道,"不会!"

玛蔡丽娜好像立刻就信任了他们。

"那就跟我来。"

他们跑到一个巨大的冰箱跟前,冰箱门上有一个密码锁,就像是保险柜用的那种。玛蔡丽娜快速地按了几个键,门就开了。

菲利普惊奇地看着这一切。

"为什么这个冰箱要上锁?"

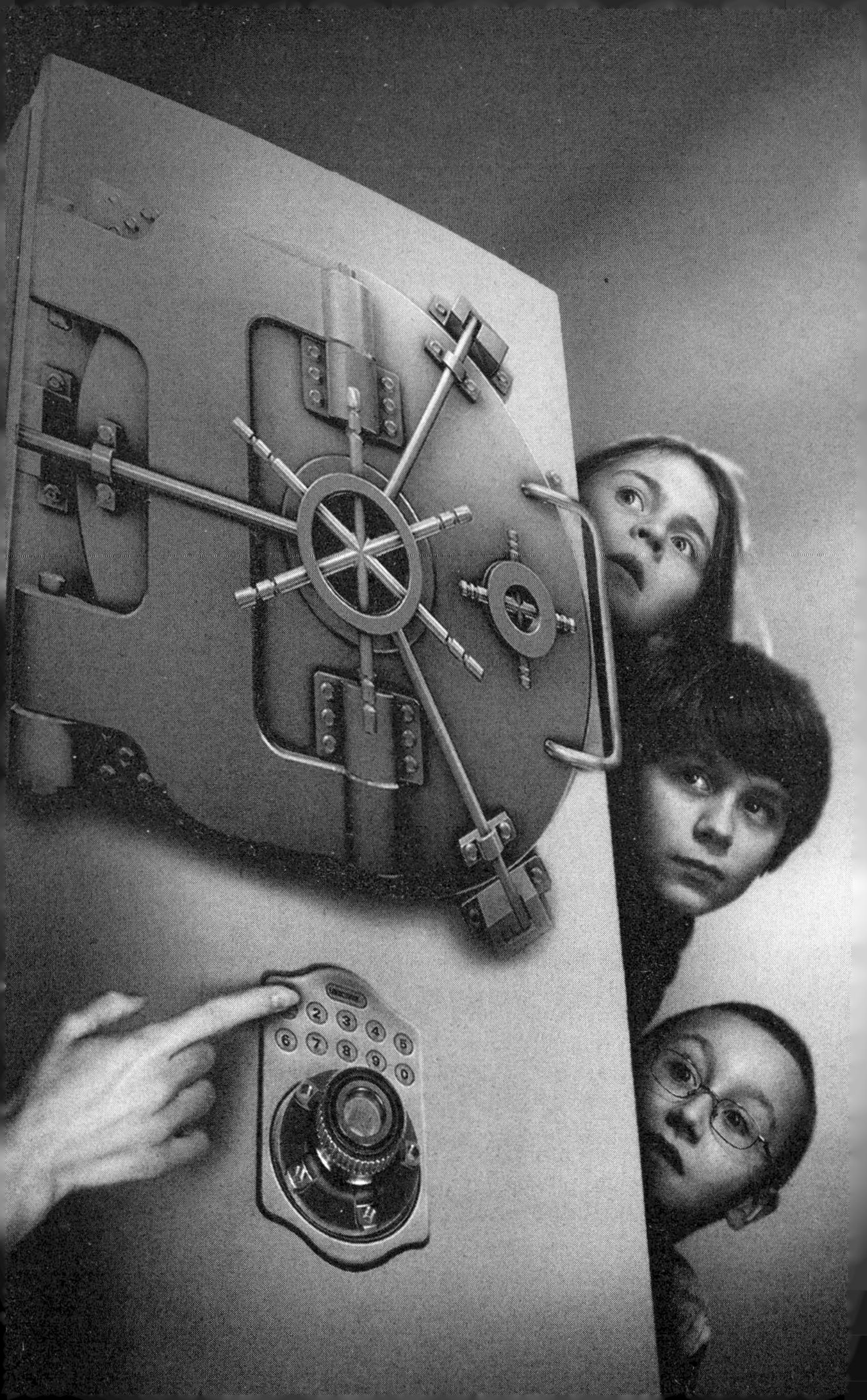

"因为你们的姨妈很小气,她要防着我偷吃东西。她把所有东西都藏起来,这样我什么都拿不到了。但我发现了密码,只是要小心别让她发现了……"

"为什么她要做这种愚蠢的事?她那么有钱。"

"我不知道。她曾说过,有一次她梦到所有的东西都丢了,然后重新又变得很穷。她有强迫症。"

玛蔡丽娜从冰箱拿出几个小纸盒。

"这里是各种肉片……这里还有酸奶。"

库奇走近玛蔡丽娜,小声说:"你觉得……"

"什么?"

"姨妈是不是一个女巫,要弄死小孩?"

玛蔡丽娜大笑。

"恰恰相反。她没有孩子,但或许她非常想要。"

"为了能把孩子们做成面霜?"

"不是,为了不孤单……小心!"

从楼梯上传来高跟鞋的脚步声。玛蔡丽娜关上冰箱门,而孩子们重新坐回到桌子边。他们把酸奶藏到桌子下面。

姨妈来了,手里拿着一个写着"迪奥"的洗发水瓶。她生气地看着孩子们,问道:

"你们中谁洗过头?"

托西亚平静地说道:

"我。"

"你用了四次的量!这是非常贵的洗发水。如果节约点用,可以用一年的,可不能像水那样随便用的!"

姨妈拿走托西亚放在桌子上的手机。她把手机关机,然后扔到自己的包里。托西亚非常愤怒,喊道:"那是我的手机!"

"但现在是我在付话费,"姨妈说道,"只有你必须要用的时候,你才能用。"

"我想给妈妈打电话!"

"你明天再打。星期六的话费便宜些。"

托西亚跳了起来,她非常生气。

"那是我的手机!我想现在打电话给妈妈!姨妈请您把手机还给我!"

姨妈走到托西亚面前。

"听着。在我的家里,谁也不能大声喊叫。"

她摆出的那种表情几乎可以让大部分孩子吓得躲到桌子底下,但托西亚并不是一个胆小的女孩。她直接看着姨妈的眼睛,好像并不畏惧这个强大的对手。姨妈咬紧牙齿又重复了一遍:"你不能再乱喊乱叫了,小女孩,你懂吗?永远不能!"

这时托西亚用尽嗓子高喊。她使劲喊,毫不认输。她这

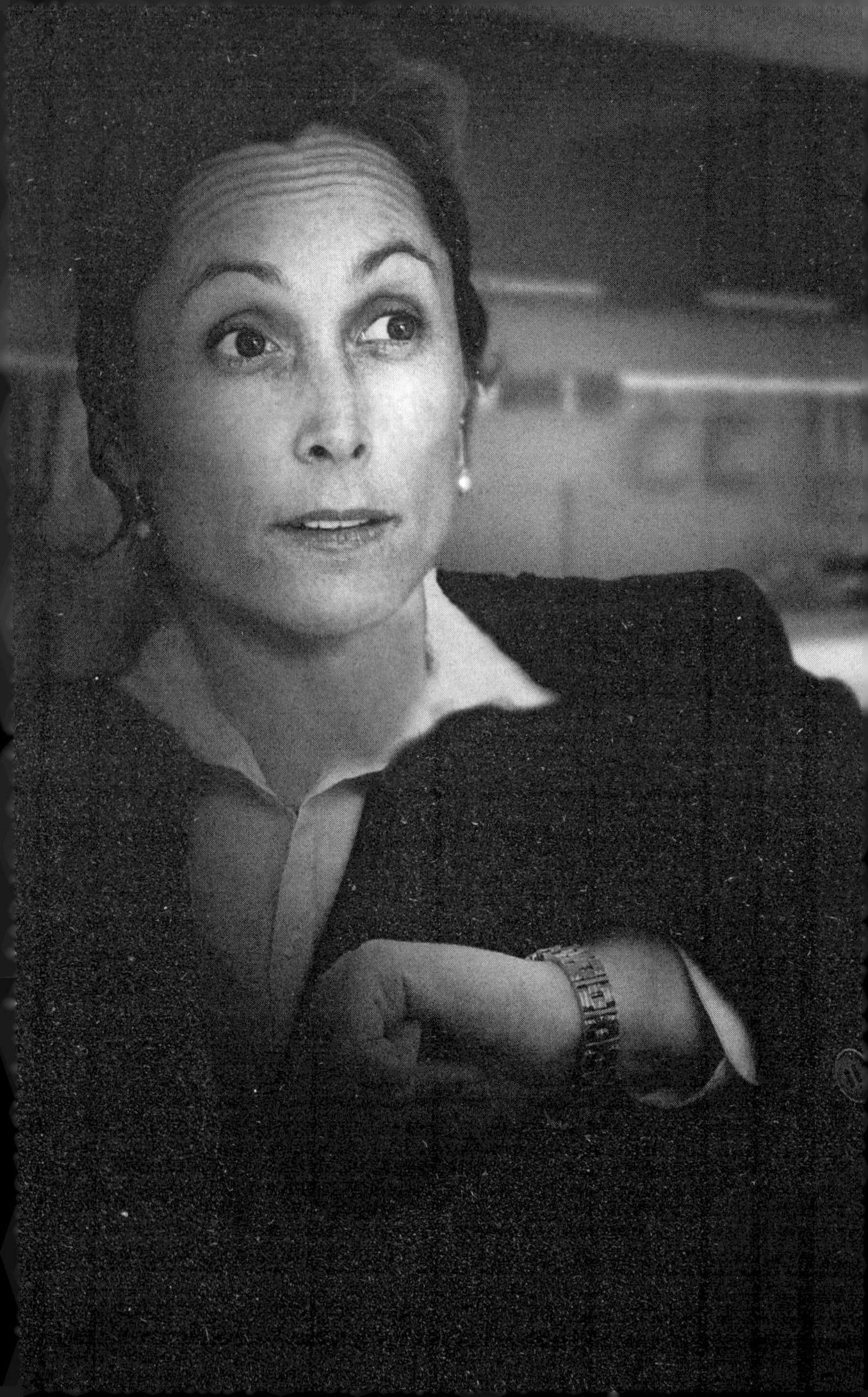

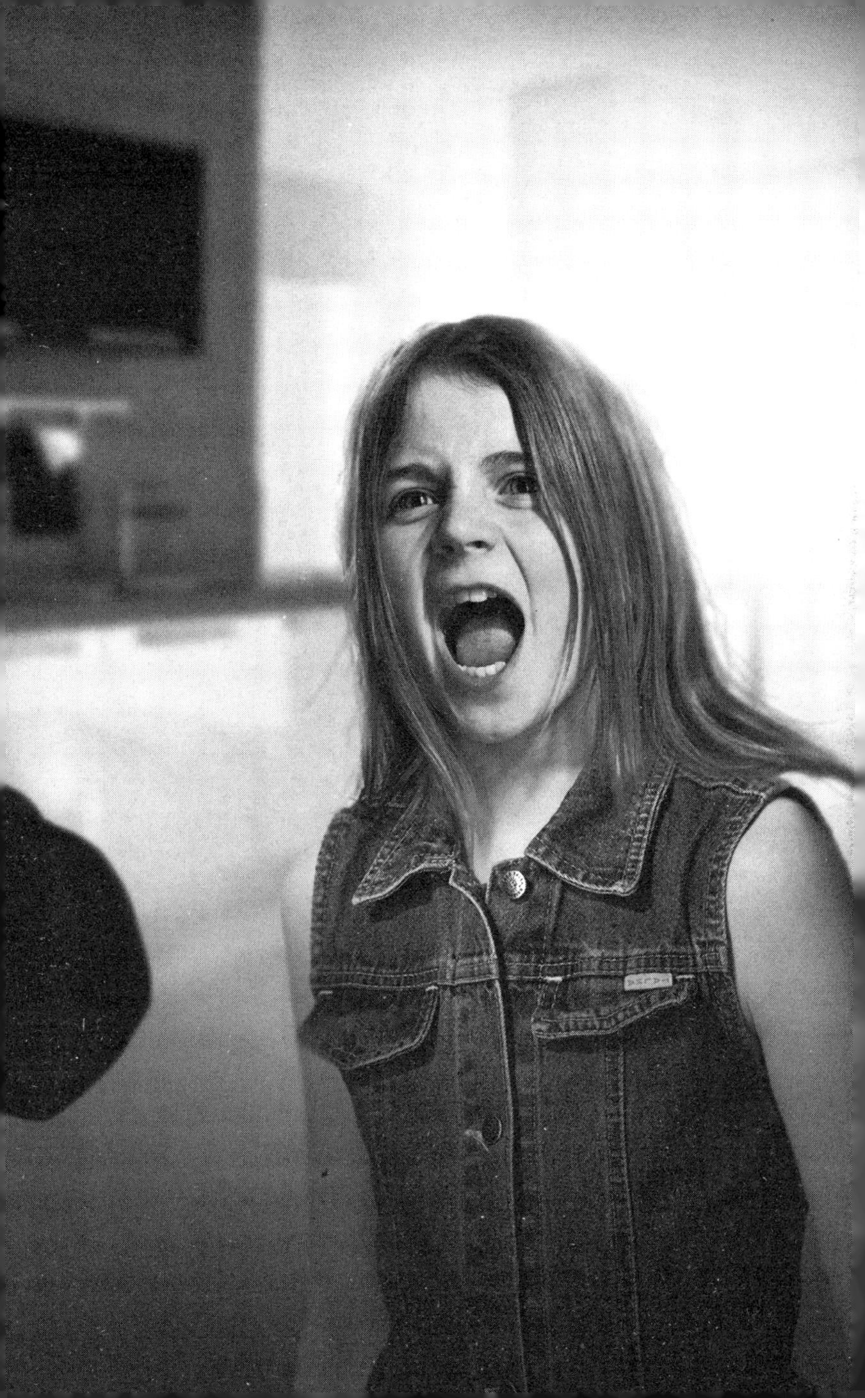

么做是因为她受够了这一切。因为父母离开,因为他们不能住在自己家里。还有这一切都是这么不公平。托西亚拼命地喊,什么也不能让她停下来。

姨妈抬起手,库奇担心她会打姐姐。但她只是看了看表,而托西亚并没有停止喊叫,只是慢慢地有点接不上气。最后她安静下来,感到很累,上气不接下气,但仍充满挑衅地看着姨妈。姨妈平静地说:

"不错嘛!你喊了一分钟。你比你妈妈厉害。她最长只喊了二十秒。"

她抓起包,走到门口。

"我本来想带你们去热我拉店里吃比萨的,但你们不配这么好的招待。你们就在这待到晚上吧!"

她摔门而出。玛蔡丽娜跑向托西亚,抱住她。

"你太棒了!还从来没有人敢这么顶撞她。别担心,我给你们做比萨。"她转向男孩们:"你们喜欢吃什么样的比萨?咦!出什么事了?"

库奇一言不发地看着玛蔡丽娜。突然他从椅子上站起来,高喊:"我终于明白了!我明白了!"

"什么?"

"我明白了!"他跑向他的伙伴们,"你们还记得吗?我之前说过,我想要比萨,然后我们马上就得到了!在那里,在集市上!"

"那是一次促销活动吧。"托西亚疑惑地说道。

"那是魔法!"

"你是说,你有魔力?"

"不是我。是那把椅子!"

托西亚和菲利普飞快地踩着自行车,感觉这辈子都没有骑得这么快过。姨妈家离市中心很远,但幸运的是,路是下坡,所以很快就可以进城。

他们命令库奇待在家里,因为他太小了,不能走那么远。这让他非常愤怒,但菲利普说,能不能让父母回来,是由他们的速度决定的,于是库奇就同意留在家里。他们发誓说,肯定会回来接他。

他们骑了十公里,几乎没有休息。最终他们骑到了集市,在舞台前面停了下来,累得气喘吁吁。

但在那儿也找不到红椅子。

"我早就知道,找不到它了,"托西亚绝望地喊道,"有人把它拿走了,我们再也找不到它了!"

一辆垃圾车停在舞台旁边。工人们将黑色的塑料袋扔进车上的垃圾桶里。菲利普跑到他们跟前。

"对不起,你们看见过一把椅子吗?红色的那种。"

"你干吗要找那把椅子?"

"我必须找到它。"

"在垃圾车里。如果你不嫌脏的话,你可以把它拿出来。"

菲利普看了一眼装满垃圾散发着恶臭的大垃圾桶。他掀起桶盖,费力地将它打开。一大群苍蝇飞了出来,瞬间散发出极为恶心的臭气。老鼠在垃圾袋中间跑来跑去。菲利普想到要去里面找,浑身一阵鸡皮疙瘩。他听到工人们在笑。正当他要钻进桶里时,有人抓住他的领子。最老的一个工人将他拉开。

"别犯傻了,小鬼,他们拿你开玩笑的。那里面什么都没有,根本没有椅子。你快走,小心得个什么病。"

菲利普转向妹妹。

"我们现在怎么办?"托西亚问道。

"我们必须到处找一遍。肯定有人拿了那把椅子。我们必须去问问孩子们,可能他们拿来当玩具,然后扔在什么地方了。"

"或者把它烧了。"

"我们分头找。你去那边的街道找,我在市中心找。一个小时后我们在热我拉比萨店前会合。"

菲利普朝市政厅的方向走去。集市还没有开始,摊位空空荡荡。菲利普慢慢地骑,仔细地四处巡视,但哪儿都找不到红椅子。当他骑过市政厅时,从高雅的热我拉餐厅走出一个踩着高跟鞋的人,是姨妈!男孩闪电般地从货摊间骑过。姨妈四处张望。为了以防万一,菲利普将自行车放在一旁,躲进一个巨大的帐篷里。

他四处看了看自己的藏身之处。这顶帐篷几乎有一个马戏团那么大,是一个被用于存放各种集市商品的仓库。这里面还有大喇叭和泛光灯。菲利普正打算出去,突然听见轻轻的沙沙声……

在帐篷的最深处有一排金属笼子,那里存放着最值钱的货物,其中有一个笼子正晃来晃去。在笼子里面,有一个红色的东西。菲利普跑向它。

笼子里装满了装着糖果的纸盒子。从它们下面伸出一只红色的木腿,不停地来回晃。纸盒子掉落,露出红色的椅子。

"它在这里!"菲利普大喊道。

笼子的门被挂锁锁上,幸运的是金属网已经生锈并且有裂痕了。菲利普用尽所有的力气猛地一拉,网上有好几处被撕破。突然,有人抓住了他的肩膀,把他举了起来。他急忙转过身。集市的老板马科斯·罗兹姆斯抓住了他。

"你个小兔崽子!"他叫道,"你是不是想偷东西?"

"我想拿走我们的椅子。"

"什么椅子?"

"那把红色的。它是我们的……"

马科斯看了笼子里的椅子一眼,将男孩放到地上,但还是抓着他的领子。

"求您了……我能把它拿走吗?"菲利普问道。

"如果你喜欢,你可以买下它。不然你就得马上离开,否则你就要挨打了。"

"好的,求您了。我会买下它的。"菲利普叫道。

"但你有钞票吗?"马科斯大笑道。

"我有! 我真的会付钱的,但我必须检验一下。"

"你想检验一下它?"

"是的。"

马科斯嗤笑道,捉弄小孩让他觉得很有趣。他拿出一串钥匙,打开了笼子。

"你可以去试了。但如果你没有钞票,你就要挨打了。"

菲利普抓住椅子,慢慢地将它拉出笼子。"如果库奇弄错了,这只是一张普通椅子的话,那我可能就要挨揍了。"他想道。他小心地坐在椅子上,感觉像是坐在原子弹上。

老板假装严肃地问道。

"怎么样,国王陛下?王位坐着还舒服吧?你要买它吗?"

"是的。"

"但它的价格很高……要五百块。"

菲利普全神贯注,大声而清晰地说道:

"我想要五百块。"

"我还想呢……"马科斯咕噜道,"因为如果没有,你就要……"

他停住了,因为帐篷下的地面晃动了起来。金属的笼子也开始抖动,接着整个帐篷都跟着晃了起来。

"这是什么情况,见鬼了吗?"

马科斯不安地四处张望。挂在链子上的吊灯来回晃,好像一个个吊挂人,而箱子也开始往下掉。

"出什么事了?"

这时候立在帐篷中央的大桶开始上升。马科斯害怕地紧紧盯住慢慢浮起的东西。大桶升到几米高,然后飞向他,刚好在他头顶停住,倾斜。硬币如雪崩般砸向他。

"啊啊啊!"被硬币砸到头的马科斯大叫起来,脑袋被砸得砰砰响。

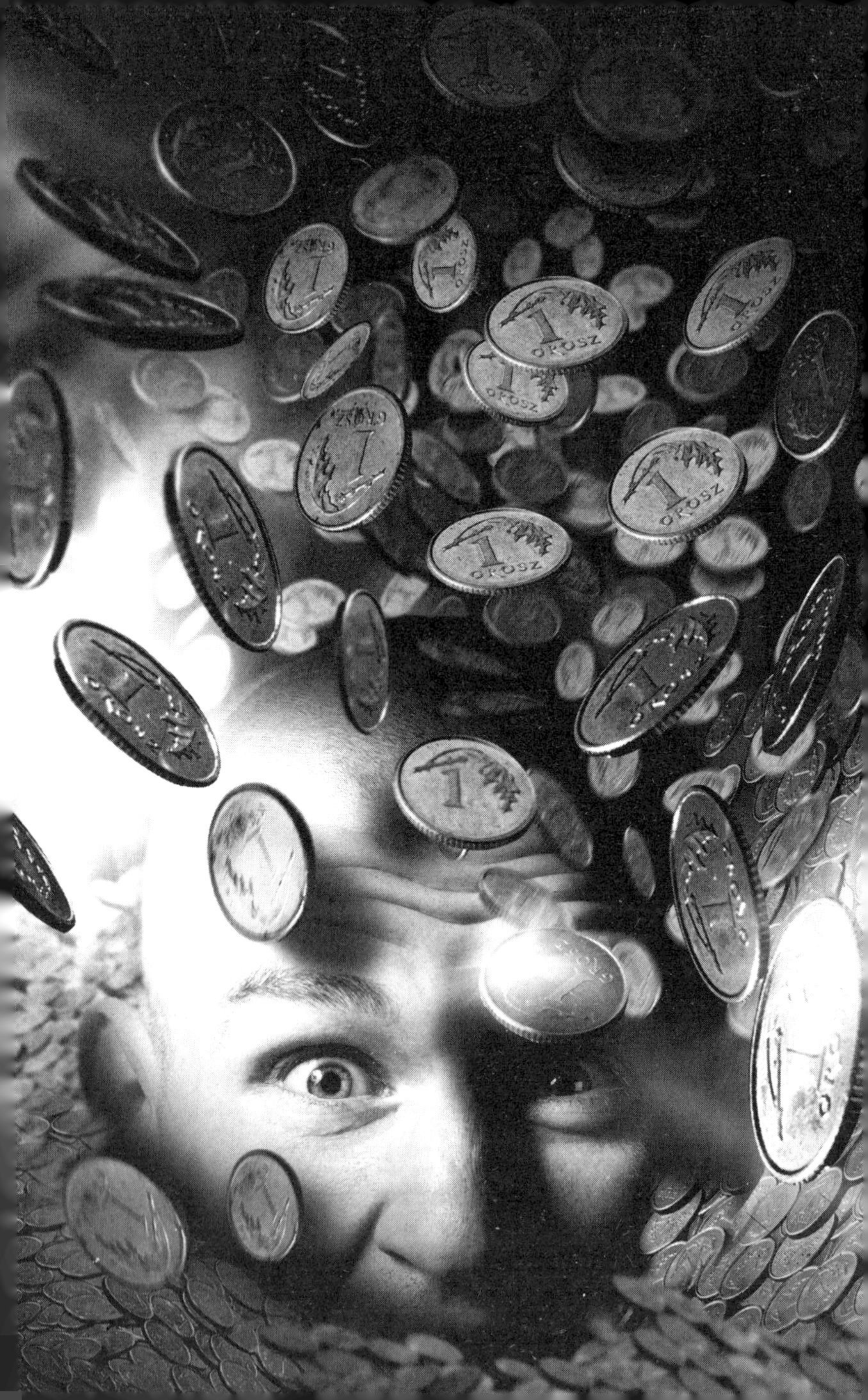

他被打倒在地,用手护住头。成堆的硬币几乎将他埋住。过了一会儿,随着一声巨响,大桶落在了地上,幸运的是离他还有几米远。

菲利普从椅子上站了起来。

"您拿到您要的钱了。"

马科斯苏醒过来,用手将一堆硬币推到一起。

"你做了什么?"

菲利普大笑道。

"很正常。我想要有钱,然后我就得到了!这张椅子可以做任何事,任何事!"

菲利普拿起红椅子,走向出口。

马科斯站起身,直追他。

"你站住!"

马科斯追上他,抓住椅子。

"把它还我。"

"您已经把它卖给我了!"菲利普生气地说道。

"你难道认为我是一个傻子?这种东西是不能卖的。"

"我已经付过钱了!"

"给我滚!"马科斯用力地推菲利普。他们相互抓着椅子僵持了一会儿。最后马科斯抓住男孩的兜帽,一把将他举了起来。菲利普松开椅子,马科斯把他放到门口。男孩挣脱出

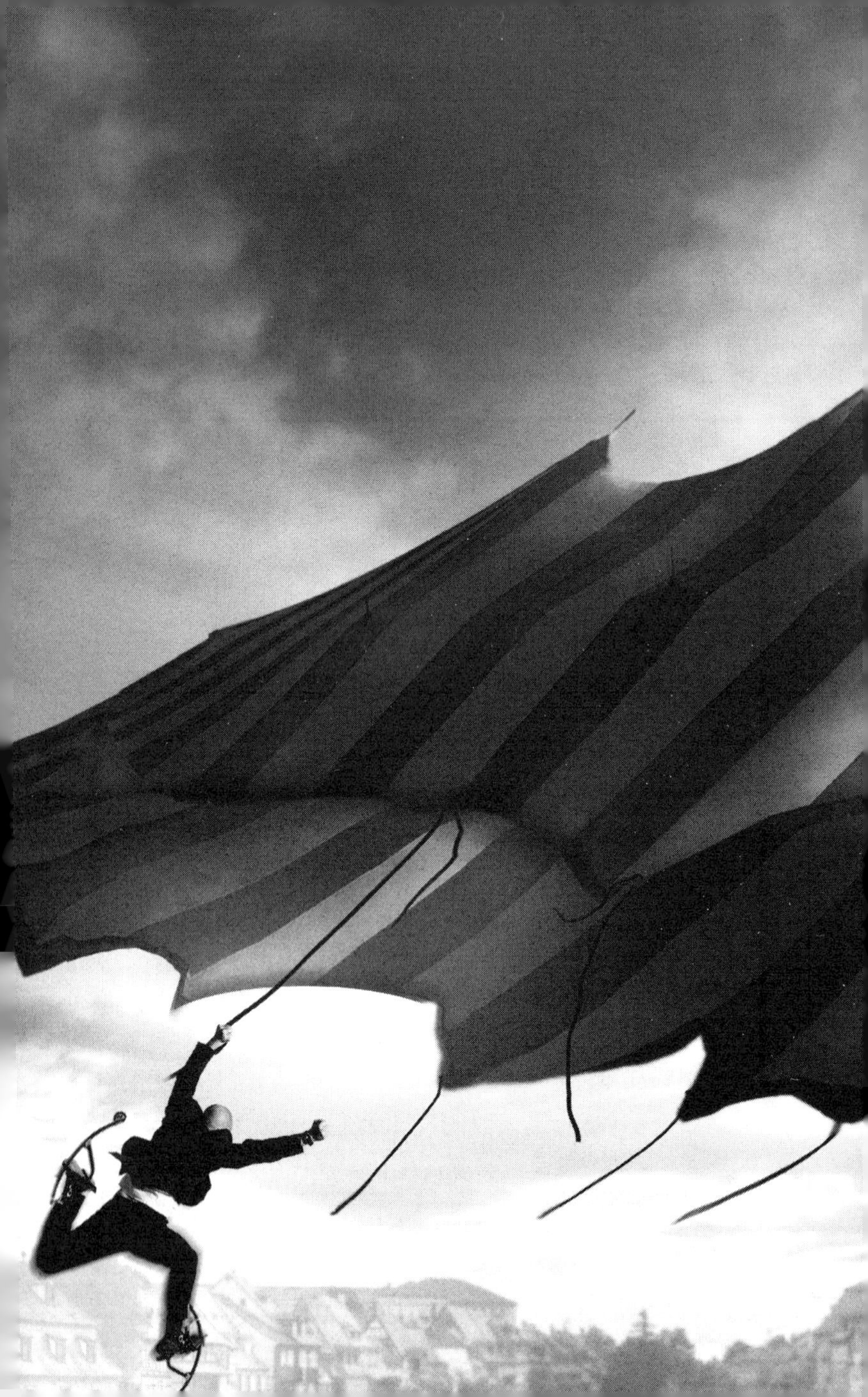

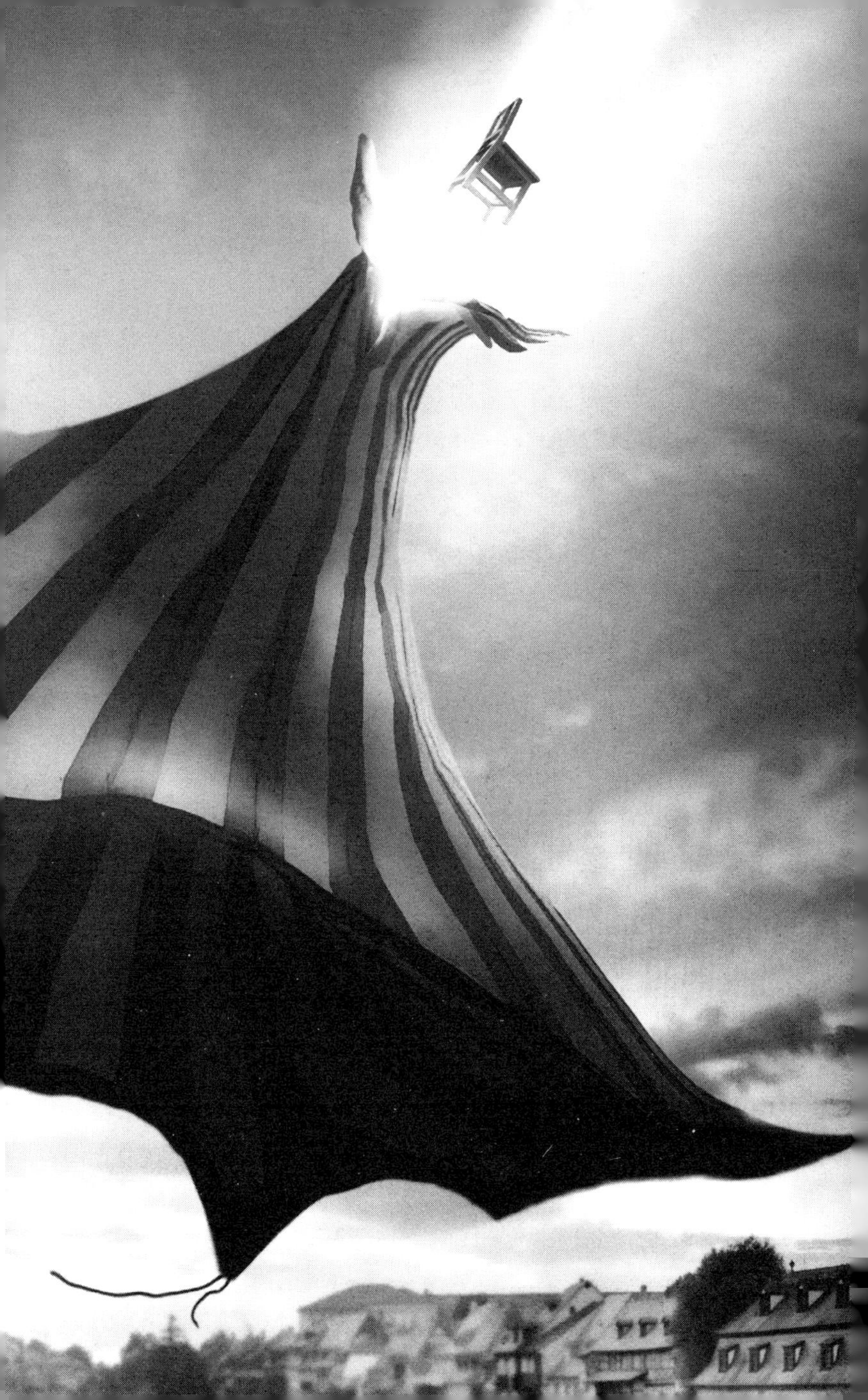

来,拳打脚踢,试图咬马科斯,但都没有成功。马科斯拉开帘子,将男孩扔出帐篷。菲利普摔在了人行道上。

"滚,不然就揍你!"马科斯转过身,走进帐篷。

菲利普站了起来,他的第一反应是想再回去抗争,但他意识到这样没有意义,必须找到一个人帮忙,比如说姨妈。尽管姨妈很小气,但已经知道她不是女巫了,她一定会帮他们的。

他看到托西亚在市政厅下面等他。他跳上自行车,朝她的方向骑去。

马科斯·罗兹姆斯跪在椅子旁边,盯着一堆硬币。他早已不是一个相信童话故事的小男孩了,但这些钱就实实在在地摆在这里……

"你真的什么都能办到?"他小声说道,"所有的,也就是世界上所有的钱。你能给我吗?我们试试看……"

他想坐上去,但椅子突然跳起来,马科斯摔在了地上。

"见鬼……"

他站起来,试图重新坐上去,但椅子移开了,马科斯又摔在水泥地板上。

"混蛋!你想跟我玩?我们等着瞧!"

马科斯朝椅子的方向扑去,但椅子突然跳起来,跳了几米高。马科斯也跳了起来,试图抓住它,像一个小孩子想抓住飞走的气球。但这时椅子就像是疯狂的电梯一样迅速向上。砰！它撞向帐篷顶部的防水帆布罩,撞出一个巨大的洞,然后飞了出去。帐篷开始左右摇摆,伴随着一声巨响倒下了。

马科斯从一堆防水帆布罩中爬出来,他没有去管那些为了看帐篷倒塌而纷纷赶来的好事之徒。马科斯盯着天空,天上红色的椅子还依稀可见,他喃喃道:

"我会找到你的……哪怕是要花一生的时间。我发誓要得到你!"

"托西亚和菲利普去哪儿了?"姨妈生气地看着库奇。"他们去哪儿了?"她刚一到家,还没脱下外套,就开始发飙,"你听不见我对你说的话吗?"

库奇非常无辜地笑了笑,说道:"他们藏起来了。"

"这是怎么回事?"

"我们在玩捉迷藏的游戏。他们藏了起来,我在找他们。"

姨妈的火气开始降下来一点:"叫他们到这里来！马

上!"

库奇笑着说道:"好的,亲爱的姨妈。但首先我必须得找到他们。他们藏得非常好!有时候一整天也找不到!"

库奇转过身,喊道:"菲利普,我来找了!"

他跑上楼。姨妈生气地脱掉外套,将它扔在沙发上。

托西亚和菲利普骑上通往姨妈家的公路。回程路非常难骑,一直都是上坡路,所以他们骑得很慢。突然柏油路上投下一片阴影,阴影快速地移动着。菲利普抬起头,大叫:"托西亚,你看!"

红椅子正好飞在他们上方。椅子转了个弯,降落在公路上,就在兄妹俩的前面。它等在那里,一动不动。

姨妈紧张地看着窗外,玛蔡丽娜和库奇站在第二扇窗户旁。五点了,但菲利普和托西亚还是没回家。姨妈跑到玛蔡丽娜跟前。

"这是你的错,"她喊道,"你本应该照顾好他们。我害怕他们出什么事了……我担心他们,你明白吗……当然,你什么也不明白……甚至你都听不见我跟你说了什么!"

姨妈坐在台阶上,她真的很紧张。库奇观察着她,产生了一种错觉,觉得她有一点像妈妈,像妈妈为某件事担心的样子。玛蔡丽娜坐在姨妈旁边。突然,她说道:"您不必担心。他们马上就回来了。"

"你怎么知道,马上……"

姨妈站起来,看着玛蔡丽娜。

"你会说话?"

玛蔡丽娜不吭声,小心地看着她。

"你一直在骗我?你这个骗子!所有人都在骗我!"

这时从花园传来了一阵喧哗,姨妈冲向门的方向。

花园里站着托西亚和菲利普,自行车躺在草坪上。

"你们去哪儿了?"

托西亚和菲利普没有回答。

"没听到我的问题吗?"

孩子们沉默了。

"你们难道认为你们可以想做什么就做什么吗!"妈妈吼道,"难道你们认为我跟你们那个没用的妈妈一样吗,可以任由你们骑到我头上来?"

托西亚怀着敌意看着她。

"姨妈跟妈妈不一样。我们的妈妈是美丽的、善良的。"

库奇认为托西亚不应该说这些,但太迟了。姨妈紧咬着嘴唇。

"好的,"她小声说,"从今天起,你们不能走出这个大门。我建议你们不要破坏这个禁令。"

姨妈走到屋里,她驼着背,好像上了年纪。走到一半,她高喊玛蔡丽娜:

"你也跟我来,少假装没听到!"

玛蔡丽娜跟孩子们招招手,跟在姨妈身后,而库奇则跑向菲利普。

"你们找到它了吗?"

"嗯……你过来看。"

他们一直走到花园的最深处,那里是一片云杉的小树林。菲利普小声喊道。

"到我们这边来。"

云杉的树干动了动。库奇惊奇地看着红椅子从树下走出来。

"它太不可思议了……"库奇小声说。

"你别急……马上你还会看到更精彩的呢。"

菲利普朝椅子扔了个足球,它一脚把球又踢了回来。男孩反踢一脚,球飞得很高。椅子跳了起来,来了一脚倒钩球,就像英国最好的足球运动员那样。足球嗖地飞过树林,然后传来一声玻璃被打碎的声音。

"姨妈要杀了我们的!"库奇吓坏了。

"或许不会。"托西亚笑了。

她坐在椅子上,然后说道。

"我希望玻璃重新变成一整块。"

掉落在草地上的碎玻璃立即飞向窗户,重新组成一整块玻璃。库奇惊奇地看着这一切。

"它可以做任何事!"菲利普叫道,"你知道,那意味着什么吗?这意味着爸爸妈妈马上就要回到我们身边了。过一会儿他们就来这里接我们了,你懂吗?"

他们爬梯子上了露台,接着通过窗户进入房间。他们把红椅子放在地毯的中央,库奇在门边放哨。菲利普坐在椅子上,用庄重的语调说道:

"我希望我们的爸妈马上……"

库奇阻止了他。

"等一下!"

他跑向哥哥。

"这样会不会让我们的爸妈出什么事呢?这把椅子让他们像火箭一样发射出去。他们要飞上千公里,然后在下降的时候坠毁!"

"他说得有道理,"托西亚说道,"这有可能会不安全。毕竟我们不知道这个魔法到底是怎么实施的。"

他们沉默了。毕竟,当他们看到不可思议的事情时,并没有考虑到安全问题。最终托西亚说道:

"我们等到明天。等姨妈去工作后,我们就开始试验。我们必须仔细研究椅子的魔法到底是如何实现的。"

听到有人在走廊上走动的声音,菲利普快速用毯子将椅子盖起来,然后坐在上面。

他们听到敲门声,玛蔡丽娜打开房门,肩上背着一个背包,满脸沮丧。

"我来跟你们告别。"

"你要走?"

玛蔡丽娜耸了耸肩:

"你们的姨妈把我解雇了,因为我假装是哑巴。她非常愤怒……甚至没有付我工钱。你们找到了那个非常重要的东西了吗?"

"找到了。"

"那太棒了……加油。你们记住,你们的姨妈并没有那么坏。"

她朝他们笑了笑,然后走向门口。这时,菲利普问道:

"她完全没付你?"

"完全没有。"

"我希望姨妈能把工钱付给你。"

一切发生得太快了。姨妈正坐在手提电脑旁计算着什么,她甚至没有注意到放在桌子上的包包倒了,精美的黑色钱包从里面掉了出去。咔嚓!钱包自己打开了,几张钞票从里面爬了出来。它们升起来,像纸蝴蝶一样飞了出去,它们舞动着直接飞到了玛蔡丽娜的手里,她完全看呆了。

"你们到底做了什么?"

菲利普神秘地笑了笑。

"我们有自己的方法……但你别告诉任何人。"

到了晚上,孩子们很久都睡不着觉。他们先是争吵用什么办法能最有效地检验这个有魔力的椅子。他们躺在床上时,感到一阵莫名的害怕。当他们在电影院看飞行的扫帚和会聊天的狮子时,他们并没有问那是不是真的,那只是一部电影而已。但当不可思议的事情真的摆在他们面前时,他们感到很不安。某种不寻常的魔力就存在于他们身边,他们也不能理解这种魔力是如何施展的。但他们知道他们必须非常小心,不能做傻事和孩子气的事情。在他们找到红椅子的这一刻,每一个孩子都好像长大了一点。

最终他们还是睡着了,但做了令人不安的梦。库奇嘀咕着什么,在床上翻来覆去,最后羽绒被滑到地上,他冻醒了,迷迷糊糊地四处看了一下。快午夜了,但外面的天气跟库奇焦躁不安的梦是一样的:刮着大风,窗外的树摇摆不定,一轮圆月在云的遮盖下时隐时现。椅子反射出银色的光……库奇爬了起来。他走到椅子跟前,轻轻地拍拍它。完全没有任何想法,他就是喜欢这把椅子。他的姐姐和哥哥把这把椅子当作实现神奇魔力的途径,而库奇只是喜欢它,就像人们喜欢自己的宠物一样。或许这就是为什么是他第一个发现了这把椅子。他有点不安,不知道椅子的魔力是不是还存在。他不想等到早上再做实验,于是小心地坐到椅子上。

"请……给我一点牛奶。"他小声说道。

在小时候,如果他半夜醒来,父母就会给他拿热牛奶让他平静下来。库奇想的是会有一杯牛奶飞向他,但什么也没有飞来。然而他却听到门后面传来某个奇怪的声音,是沙沙声和铃声……他从椅子上站起来,轻声打开门,跑下楼梯。

这时他看到它了。在客厅的正中央,在月光下站着一只奶牛。它很大,像雪一样白,身上没有任何斑点。它站在波斯地毯上,用一双忧伤的大眼睛看着库奇,脖子上系有一个铃,每动一下头都会响。

"哎呀妈呀!"库奇抱怨道。

奶牛发出轻声的哞叫。

"嘘！姨妈会被吵醒的！"

奶牛转动头，它脖子上的铃就像报警一样响起来。

"嘘嘘！我想要的是装在杯子里的牛奶，不是还在奶牛身上的牛奶。对不起，但你必须消失！"

库奇想回到卧室去施展魔法。但这时，奶牛冲到他前面，挡住了他的路。现在他不能上楼了，除非把奶牛拉开，但它太大了，而且还有角。

"让开……走开！我必须让你消失。我必须这么做！对不起。"

奶牛忧伤地看着他，挥动着尾巴，打碎了一个摆在地板上的水晶花瓶。库奇紧张地看看四周，他知道姨妈马上就要醒了。到时候一切都会被姨妈知道，在他们还没来得及做什么的时候，姨妈就会拿走他们的椅子。或许菲利普或托西亚先醒来，然后他们施法。这时，奶牛又哞哞地叫了，明显地用责备的眼神看着他。

"你想干什么？你想让我挤奶？"

令他惊讶的是，奶牛点点头，好像听得懂他说的话。

"你疯了吗？我根本不会挤奶。我生活在城市里。我从来没有碰过奶牛。而且现在都不用人来挤奶了……这些都是用电脑控制的机器在做……"

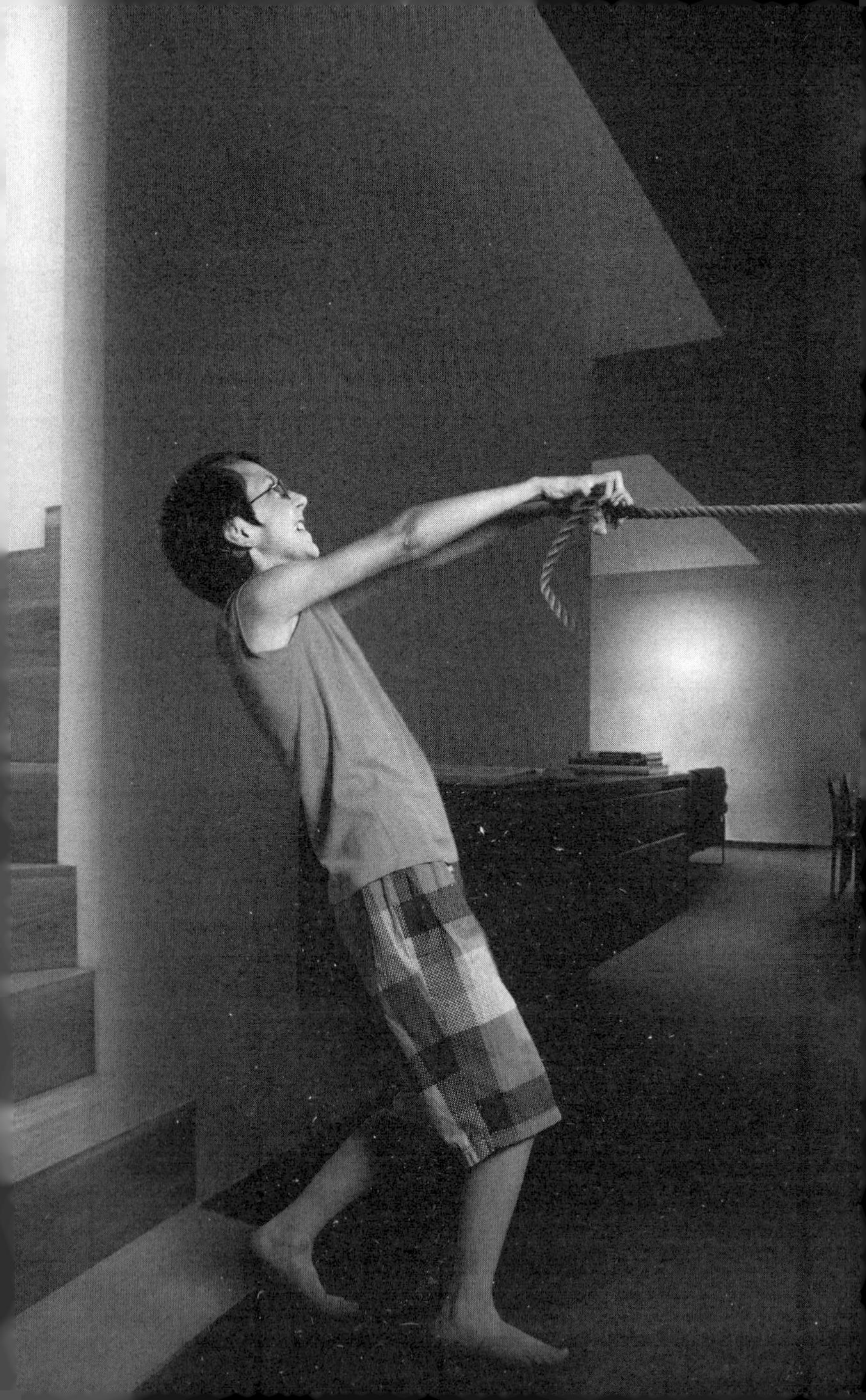

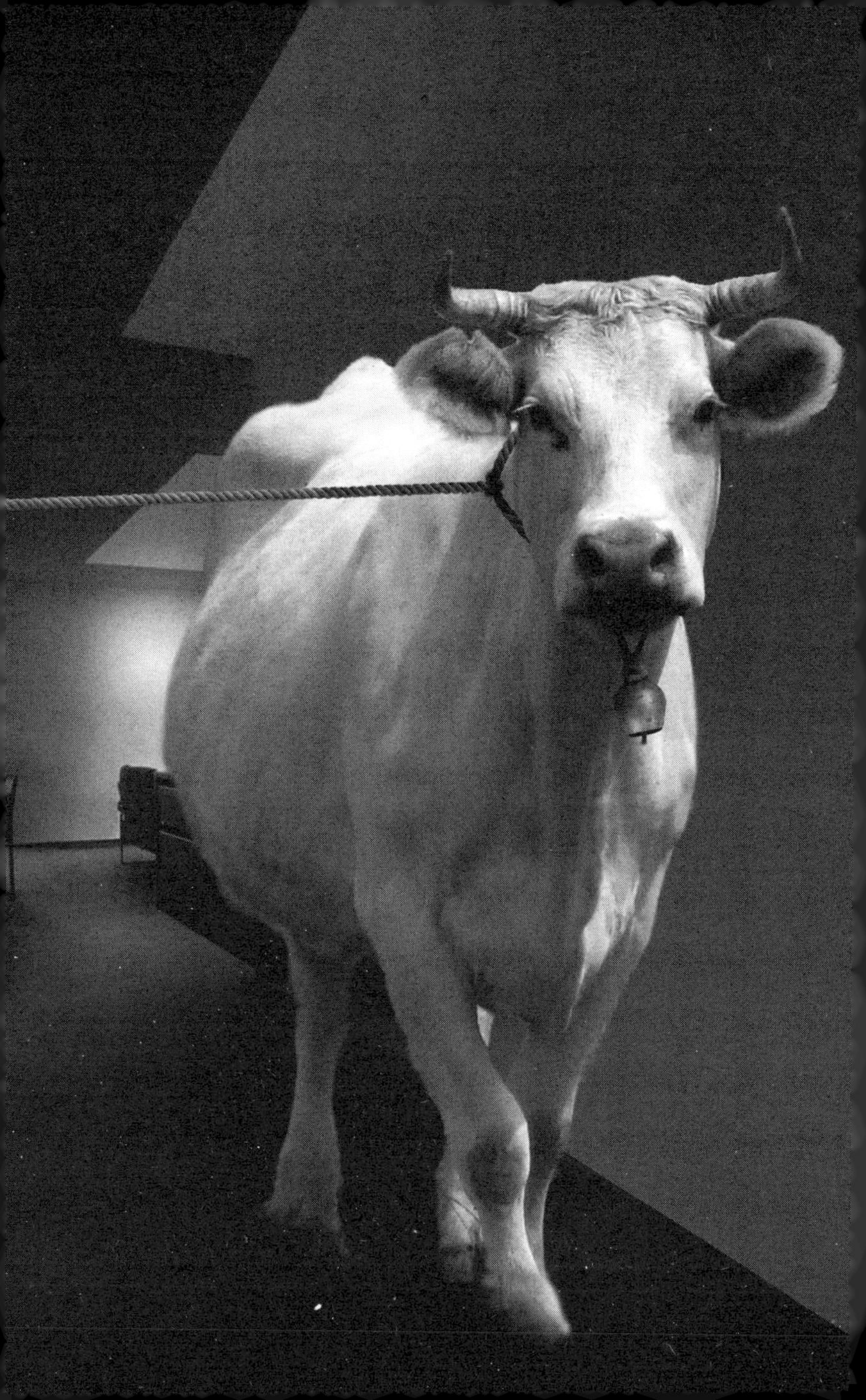

奶牛又发出哞哞声,这次声音大了好多。

"嘘。好了……你等一下。"

他跑到厨房,从柜子里拿了一个小的平底锅。考虑了一下,他换了一个更大一点的锅子,重新回到客厅。他惊恐地停下了,因为白色的奶牛扬起尾巴,在大理石的地板上拉了一坨牛粪。

"不要!"库奇恳求道,"别这么做,姨妈会杀了我们的!"

他小心地走向奶牛,蹲伏下来,将锅子放到凸出的乳头下。他曾看过一部影片,里面有挤奶的场景。他试着跟影片里做得一模一样。刚开始什么也挤不出来,试了几次后,库奇开始明白其中的诀窍,一注牛奶慢慢地注入锅子里。令他感到有点惊讶的是,这牛奶的样子和气味跟盒装牛奶不一样。

过了十分钟,挤不出牛奶了。库奇拿起锅放到冰箱里,而奶牛优雅地走到客厅中央,给他让了道。男孩冲上楼。当他跑进卧室时,菲利普睁开了眼睛。

"你在干什么,傻瓜?"

"我去拿牛奶。"

"让你别吵醒我。"菲利普喃喃道,转过身面对墙壁。

库奇拿上红椅子,轻声跑下楼梯。突然他僵住了。

在客厅正中央站着姨妈,她盯着白色奶牛,眼中充满惊慌。她没有注意到库奇,他赶忙将自己藏到柱子后面。姨妈一动不动地站着,她是如此惊慌,跟看见鬼一样。奶牛摇晃着脑袋,向她走近了一步,接着用它玫瑰色的舌头舔了舔她的脸。

她惊叫着跳开,紧闭双眼。库奇利用这会儿工夫,坐在椅子上,小声说:

"对不起,但你必须消失。我说的是奶牛,不是姨妈!"他又快速地补充道。

这头大动物瞬间消失在月光下。这时姨妈睁开眼睛,看到空荡荡的客厅。奶牛消失了。姨妈瘫倒在沙发上。

"我刚才疯了……"她呻吟道,"我开始产生某种幻觉。我真的感觉自己看见了一头奶牛。但它明显不存在……我究竟是怎么了?我有幻觉!所有这一切都是因为这帮孩子们……"

她跑到柜子前,拿出一个瓶子,喝了几小口瓶里的东西。当她想把它重新放回柜子的时候,瓶子从她手中滑落,打碎在了地板上。姨妈紧张地向上看了看,好像害怕有人会从上面看到她的窘态。她没有打算打扫碎玻璃,而是跑回到卧室。跑进门后她又转过身,再次确认白色的怪兽是不是没有再出现,接着快速将门关上,用钥匙锁好。库奇松了一口气,从藏身处走了出来。他拿上红椅子,然后去睡觉。

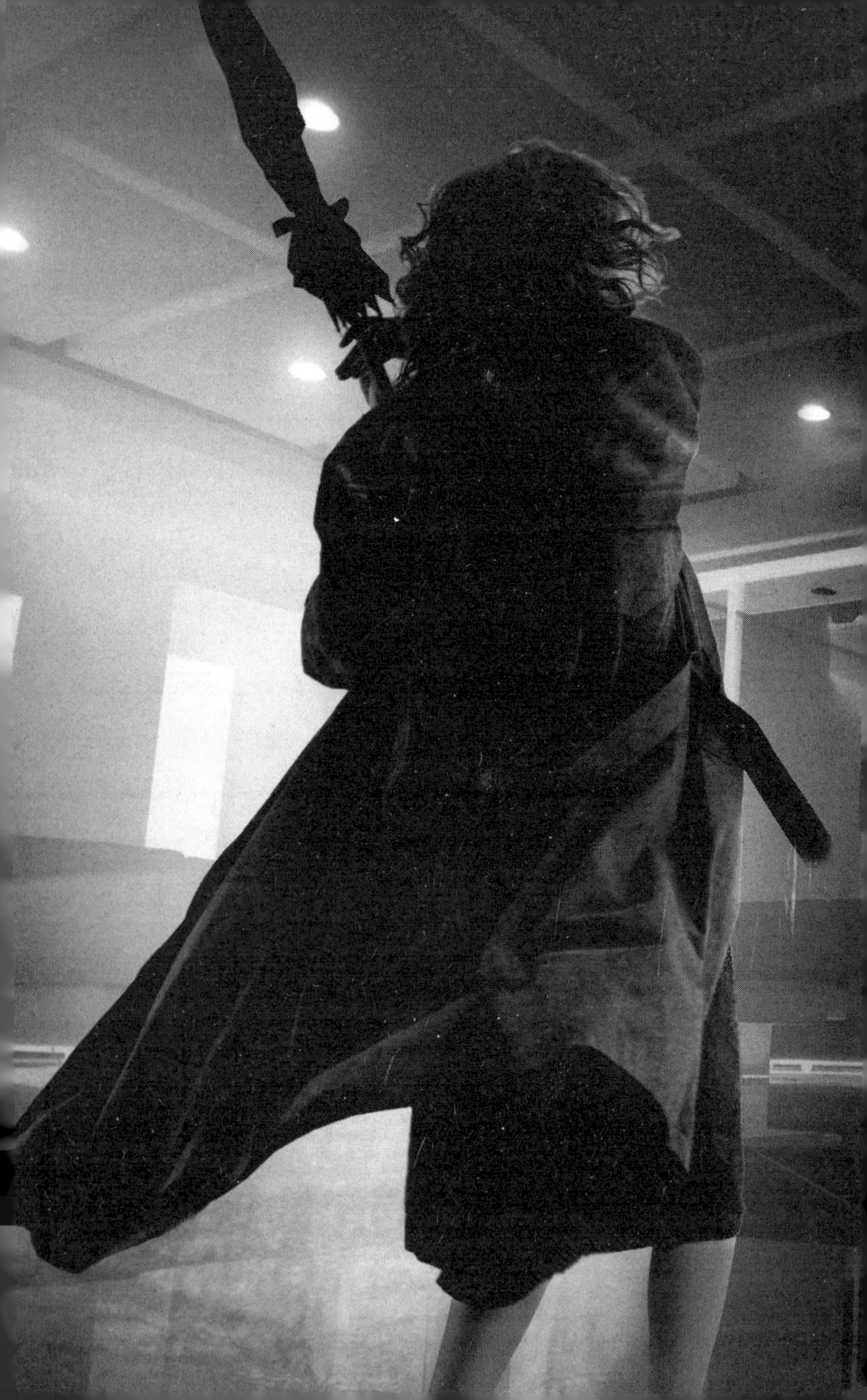

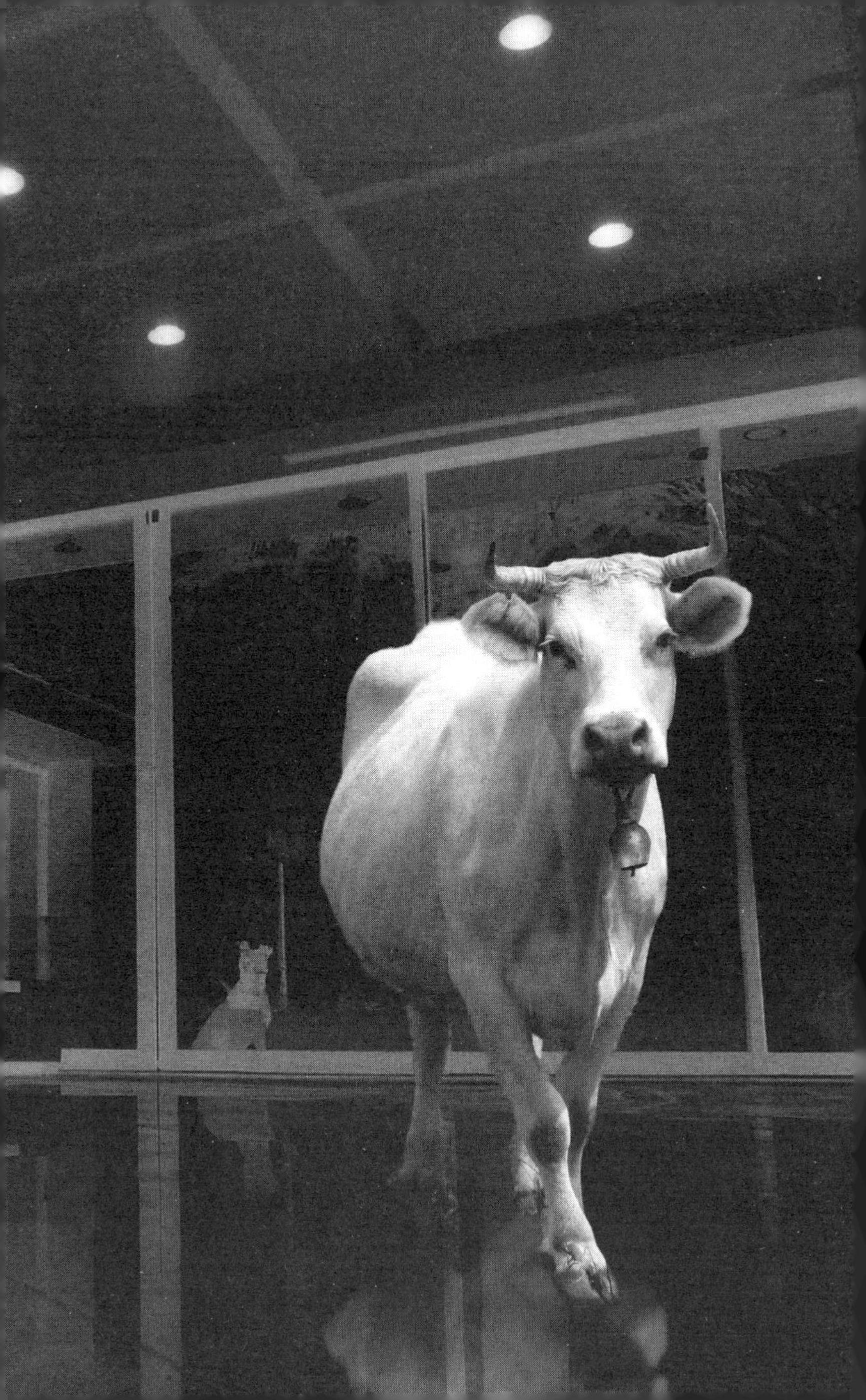

## 05

第二天早上,一吃完早饭,姨妈就穿上外套开车走了。孩子们安静地从窗户里看着她。他们尽量表现得很乖巧,以免引起怀疑。姨妈不信任地瞥了他们一眼,但又找不到什么证据。因为晚上遇见了那头见鬼的奶牛,姨妈看起来很疲倦。

"我要去城里。他们要让我看看应聘厨师的人选。你们可要记住,不许走出这个大门。"

姨妈的车子一开走,孩子们就跑到房间去拿红椅子。他们将它放在屋子前的草坪上。托西亚拿了一个高脚玻璃杯,往里面倒上牛奶。菲利普坐在椅子上说:

"第一个请求!让这个杯子安全地飞向我。"

杯子升起来,飞向菲利普。库奇坐在他旁边,如果魔法终止,他就可以抓住杯子。但杯子安全地飞到菲利普手中,一滴奶也没有漏出来。

"第一次试验成功。"

"我希望父母也不会被摔坏。"托西亚喃喃道。

"试验二,"菲利普说,"过来,库奇。"

"为什么不是你?"

"你是最轻的!如果你撞到墙上,房子也不会散架。"

"真可笑……"

他们将库奇用被子裹起来,然后用绳子绑住。他看起来就像是一个气球。

"我觉得会有麻烦的。"一个颤抖的声音轻轻说道。

"安静!让我弟弟库奇完整地飞到我这里。"

"啊!"

库奇就像一个冲出弹射器的导弹一样,以一个弧形在花园上飞,然后直接落在菲利普脚下。快要降落之前,库奇的速度慢慢降了下来,轻轻地落在了草地上。

"你没事吧?"

"应该没事……"库奇呻吟道。

"好的,试验二也成功了。最后一项测试。戴上头盔。"

他们戴上自行车头盔。

"我希望妈妈的行李箱飞向我。"

他们希望通过这种方式检验要多久父母才能飞向他们,以及从更高的地方降落下来会不会摔坏。他们不安地看着天空,因为妈妈的行李非常重。他们已经想象那个行李箱从十万米外开始起飞,并以军用火箭的速度飞向他们。他们等

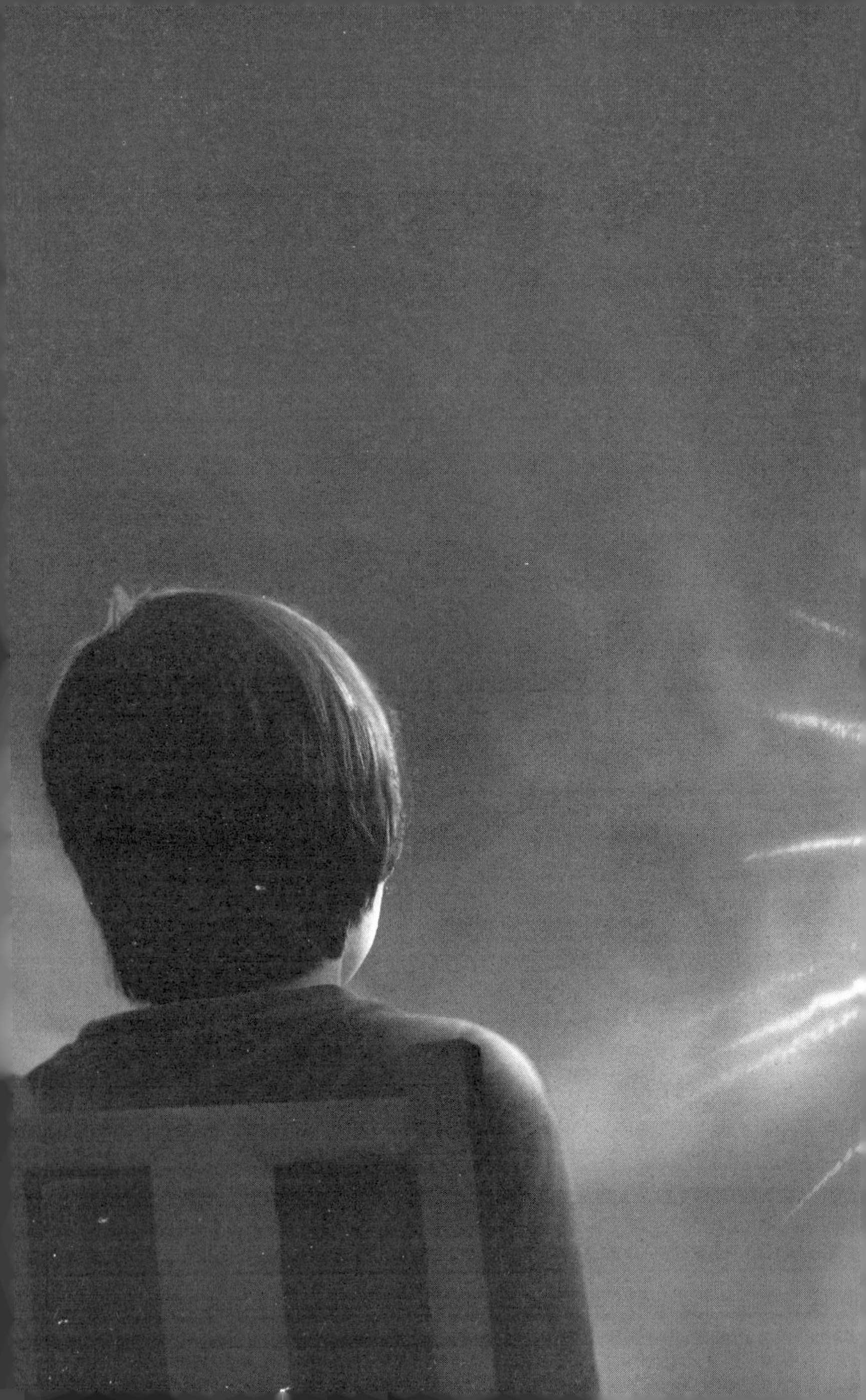

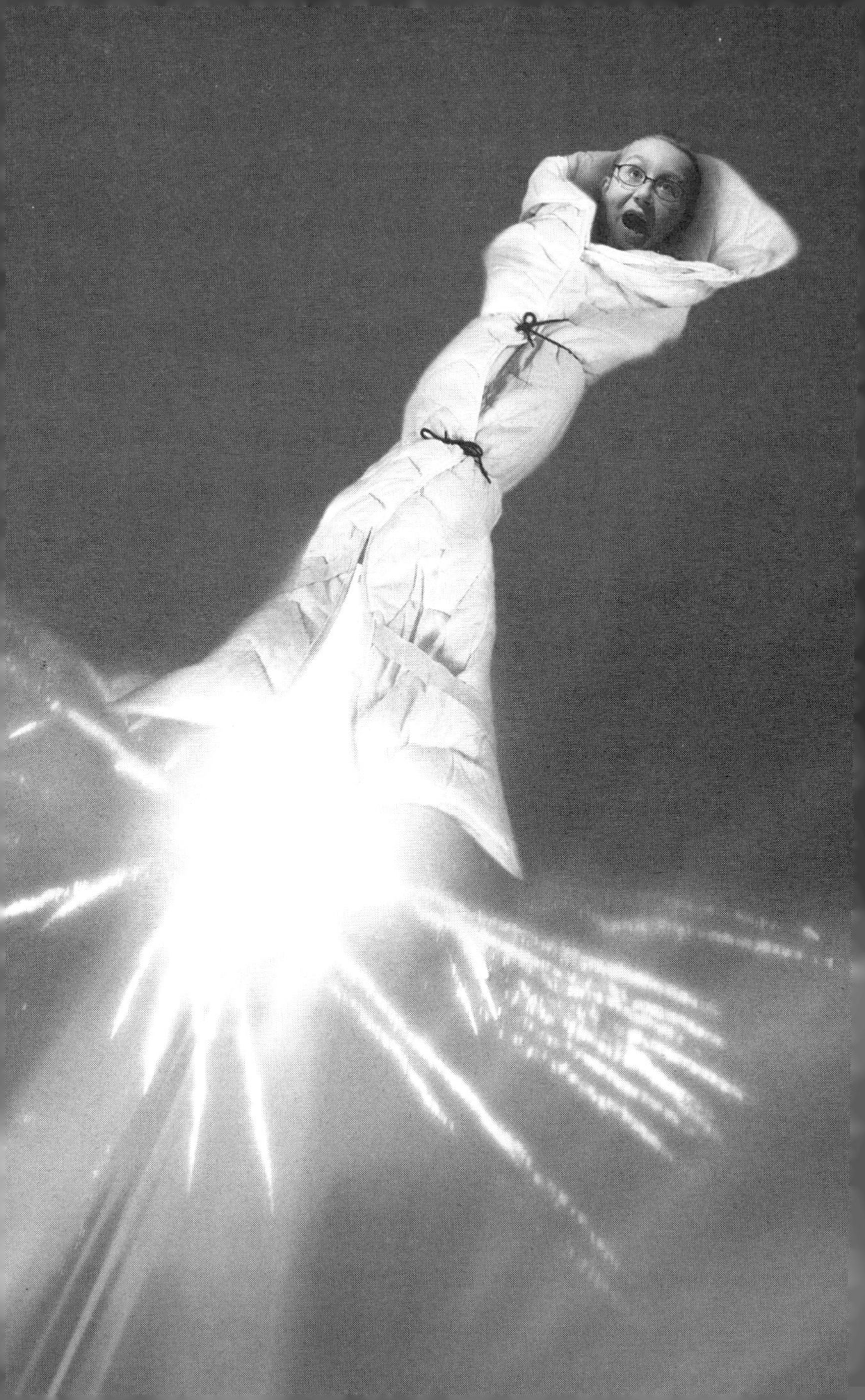

了很久,但什么也没有飞来。根本什么也没有发生。

"试验三不成功。"菲利普失望地确认道。他们困惑地相互看了看。

"我们该怎么办?"

"我认为我们应该冒一下险。"托西亚说道。

"万一爸爸妈妈出什么事怎么办?"

"我们不能再等了。这把椅子可能会不再施法。我们并不知道,这把椅子会不会是一次性的那种。"

"没错。"

"那么……我们开始吧!"

姐弟俩聚集在菲利普身边,他们认为应该由他说出最重要的愿望。菲利普年纪最大,而且是他在不经意间引起了所有的事情,所以现在必须由他来补救。菲利普端正地坐在椅子上,全神贯注。

"我希望爸爸妈妈……"

"我们的爸爸妈妈!"

"我们希望我们的爸爸妈妈平安地回到我们身边。请让他们走进这扇门,让他们变得像以前一样。"

托西亚、菲利普和库奇盯着屋子的大门,再过一会儿爸爸妈妈就要从这扇门外走进来了!但过了一会儿,又过了一会儿,什么也没有发生。库奇忍不住了,他跑过去开门,想看看爸爸妈妈是不是站在门外。

门外一个人也没有。库奇喊道：

"妈妈！你们在这里吗？爸爸！"

没有人回答他。

"是不是电池用完了？"库奇看着椅子小声说道。

"这又不是手机！它根本不用电池。"

托西亚跑向菲利普。

"菲利普！我们必须检验一下这把椅子是不是还有魔力。你再说个请求。随便什么。"

菲利普想了一会儿，喊道。

"请让天空下雨。"

天空立刻开始下雨，倾盆大雨淹了姨妈的花园。

"还有魔力！"库奇喊道。"它还有魔力！"

托西亚兜上衣服的兜帽。

"菲利普！快让雨停下来！"

"等一下。我必须先验证一件事……"

菲利普跑出大门，托西亚和库奇紧随其后。

他们大约跑了一百米，突然看到太阳了。雨猛地停了，就好像有人关闭了水管，看起来太不可思议了。仿佛一个屏幕被分成了两半，在姨妈家附近下着雨，拐角之后却是艳阳天。

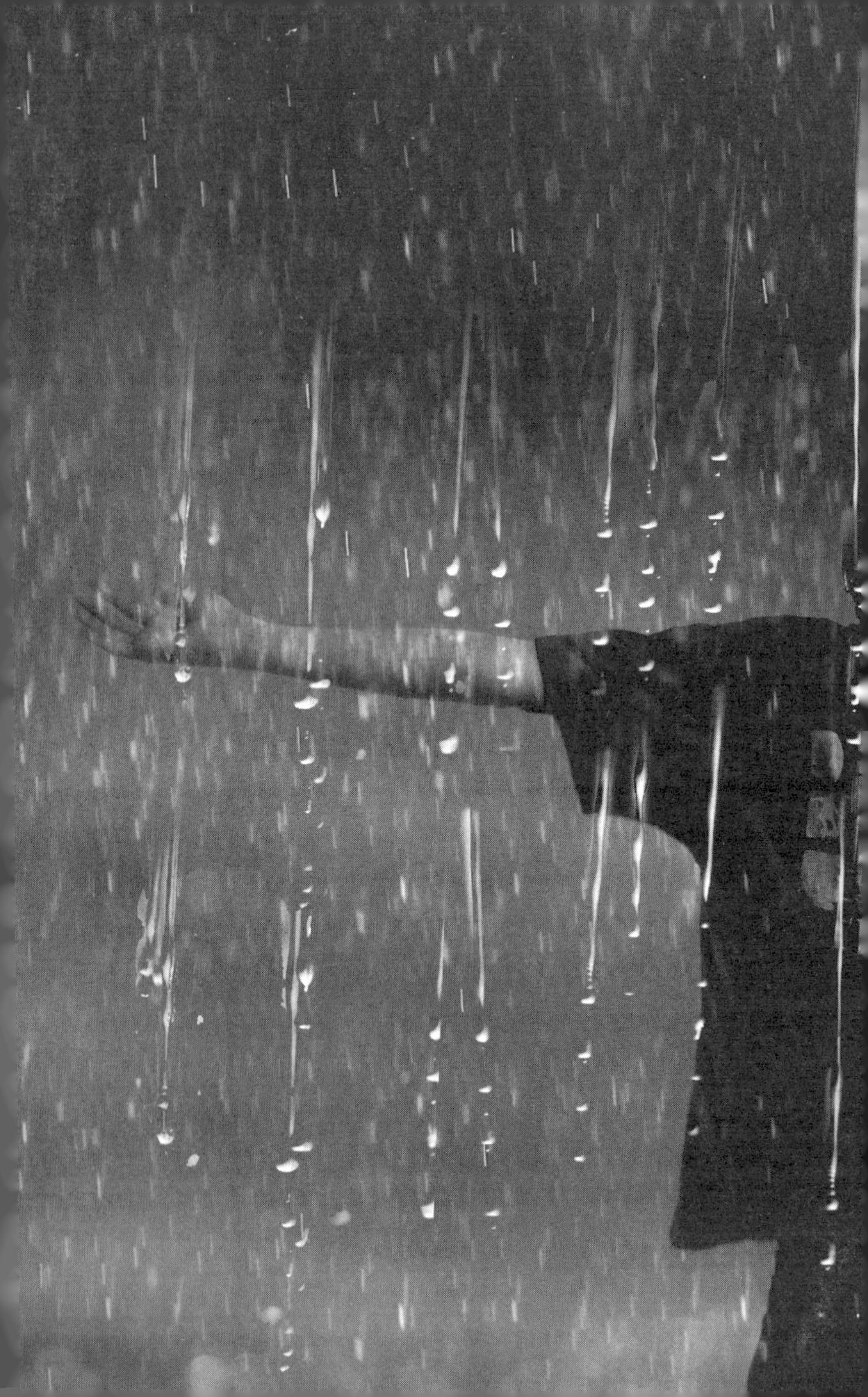

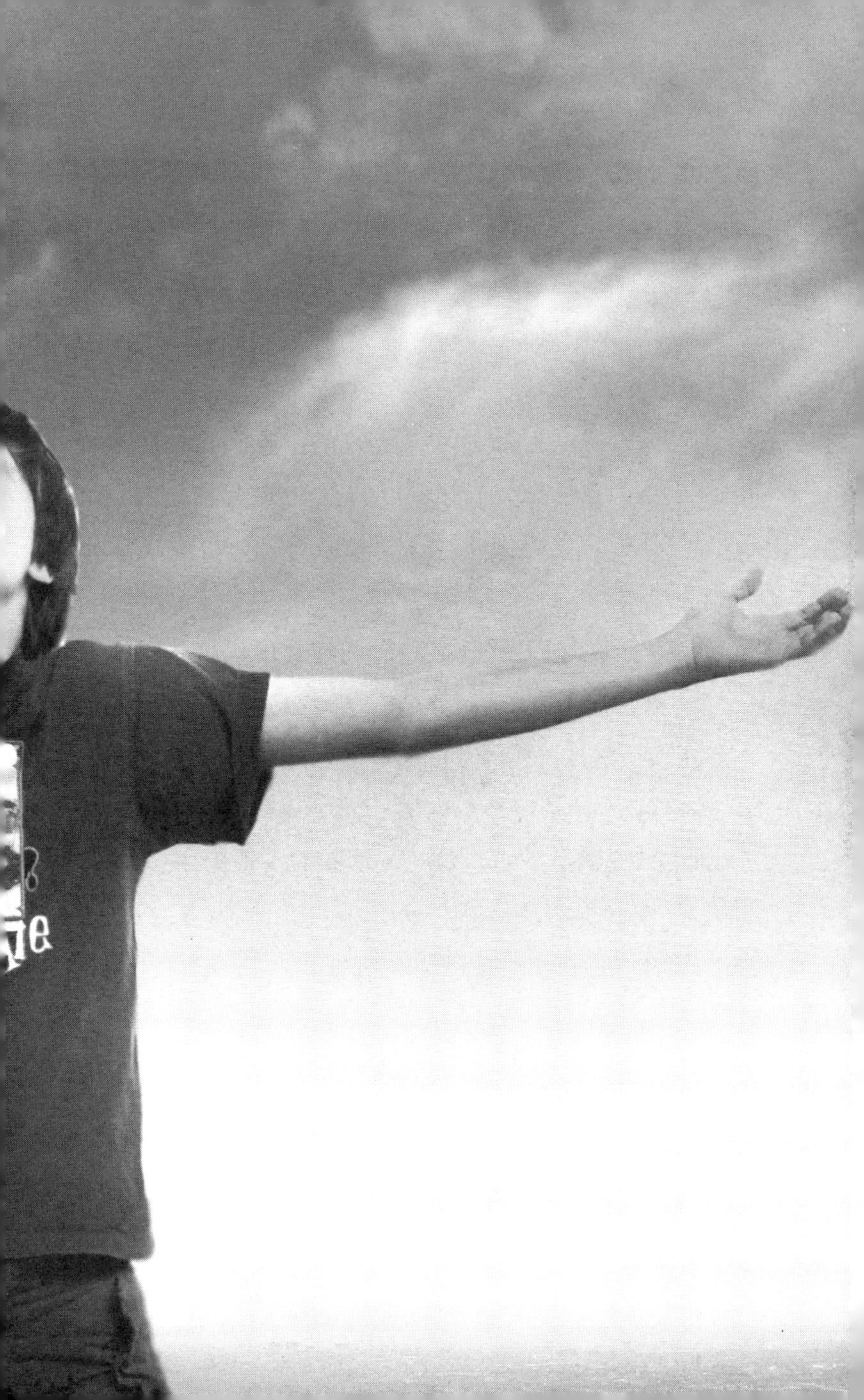

"为什么那里不下雨?"

"我明白了,"菲利普喊道,"这种魔法距离远一点就没用了,你们懂吗? 它只在能看得见的范围内有效。我们不能使父母回来,因为距离太远了。"

"那现在我们怎么办?"

"孩子必须去找他们! 我们必须站在他们面前,眼睛看着他们! 只有这样我们才能解除他们身上的咒语!"

孩子们从网上查到"维多利亚女王号"星期天的时候会驶到哥本哈根港口。

"这是我们最后的机会了,因为接着他们就会到加勒比。到那里我们就再也找不到他们了。"

"也就是说,我们还剩24个小时。"

"我们还来得及!"

他们仅仅将最重要的东西打包,没有带食物,因为他们知道总能变出钱去买需要的东西。他们想了一会儿,要不要变出一个直升飞机来,但托西亚不同意。

"我们不懂怎么开直升飞机,不能冒可能出事的风险。我们还是坐正常的飞机吧。"

他们变出了到哥本哈根的机票,然后出发去机场。

"你们听着,万一有人觉得孩子怎么能自己乘飞机,那该怎么办?"库奇问道。

"那就把那个人变成蟑螂!"

他们拿着椅子和背包跑到公交车站。突然菲利普停住了,一辆黑色的车迎面而来。

"姨妈来了。"

他们赶紧逃跑。但姨妈已经注意到了他们,汽车伴随着轮胎的尖叫声向他们驶来。孩子们尽可能快地跑,但背包和椅子增加了他们的负担。

"那里!"

菲利普转进狭窄的小路,他本以为这里更方便他们躲藏。但糟糕的是,路的尽头被一扇用挂锁锁上的门给堵住了。他们进了一条死胡同。

菲利普迅速坐上椅子,姐弟俩站在他身后。姨妈的车开了过来,在离孩子们几米远的地方停下。姨妈打开车门跳了下来。

"你们想去哪儿? 你们想逃跑,是吗?"

她朝他们的方向走去。库奇小声对菲利普说:

"快把她变成蟑螂……快点!"

"不行!"托西亚喊道,"那样她会被别人踩死的……"

"那变成狗!"

"她会咬我们的!"

姨妈走到他们面前,喊道:

"你们到车上去!我们回家谈!上车,快点!"

"我知道了!"菲利普喊道,"把姨妈变得比我们小!"

瞬间刮起可怕的大风。大风刮在姨妈身上,把她推开。她开始像旋转木马那样转动,扯着嗓子大叫。风吹起沙子和叶子,它们和姨妈一起疯狂地飞舞。姨妈拼命地喊叫,风推着她,直到旋转着的姨妈跌落到车子里,车门关上,风也慢慢停了。

在大风前孩子们挡住眼睛,此时也慢慢放下手开始四处张望。哪儿也看不到姨妈。

"她变到哪儿去了?"菲利普小声问道。

"或许她变得跟细菌一样小……"库奇喃喃地说。

"她肯定变成了超小的小矮人。你们小心一点,别踩到她。"

托西亚走着路,小心地看着脚下,兄弟俩也小心地跟在她身后,就像踩在雷区一样。

突然他们听见了叫喊声:

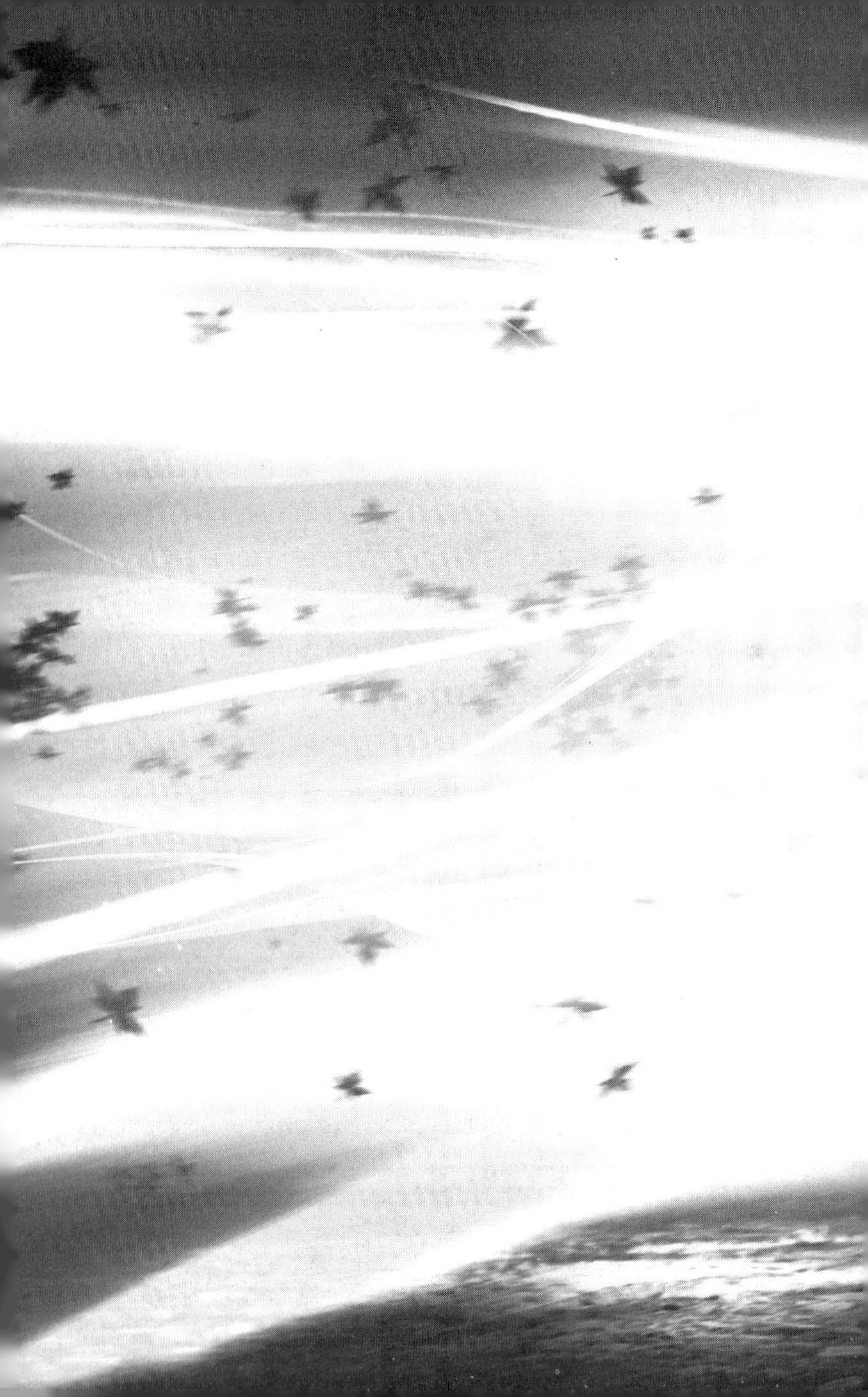

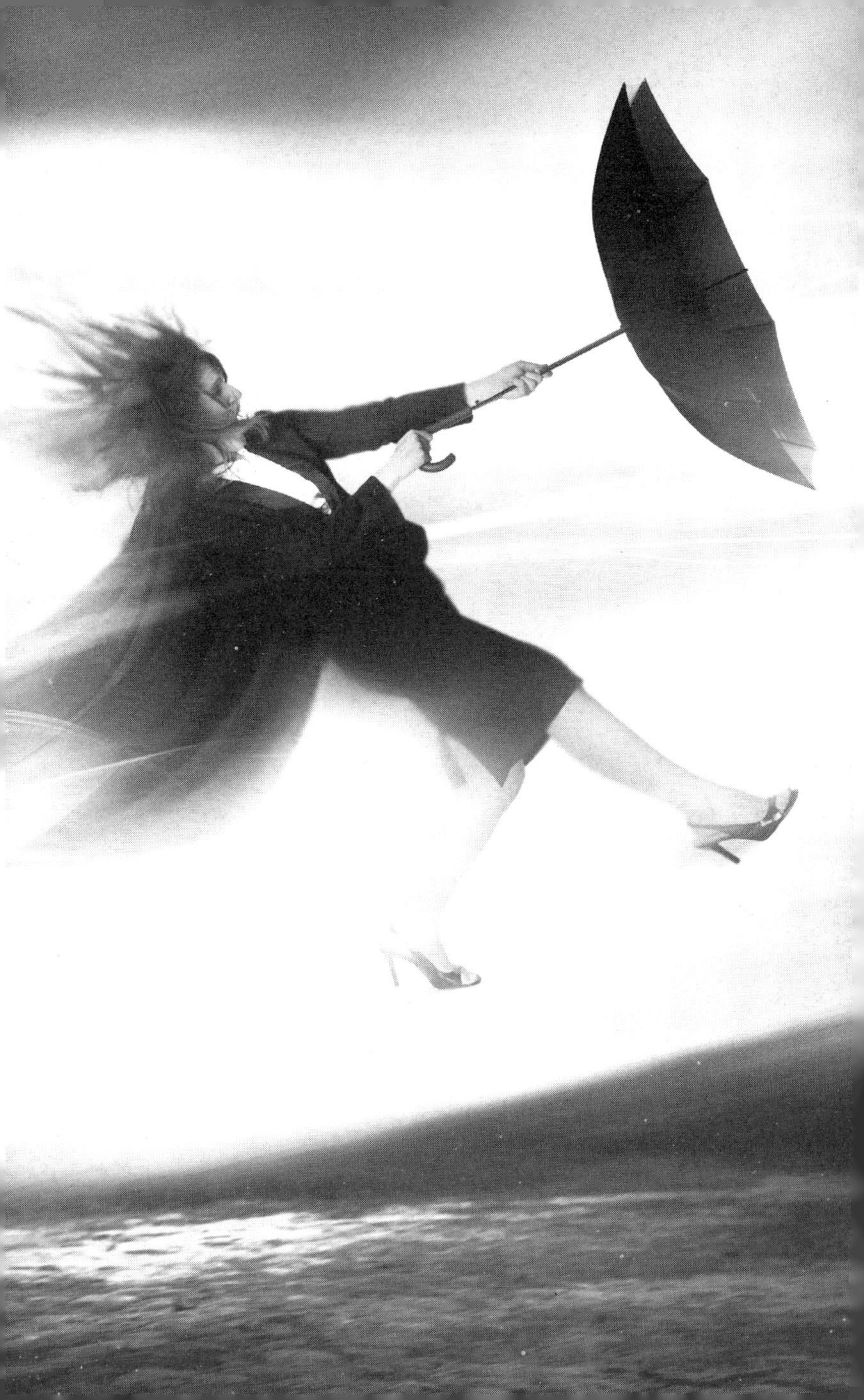

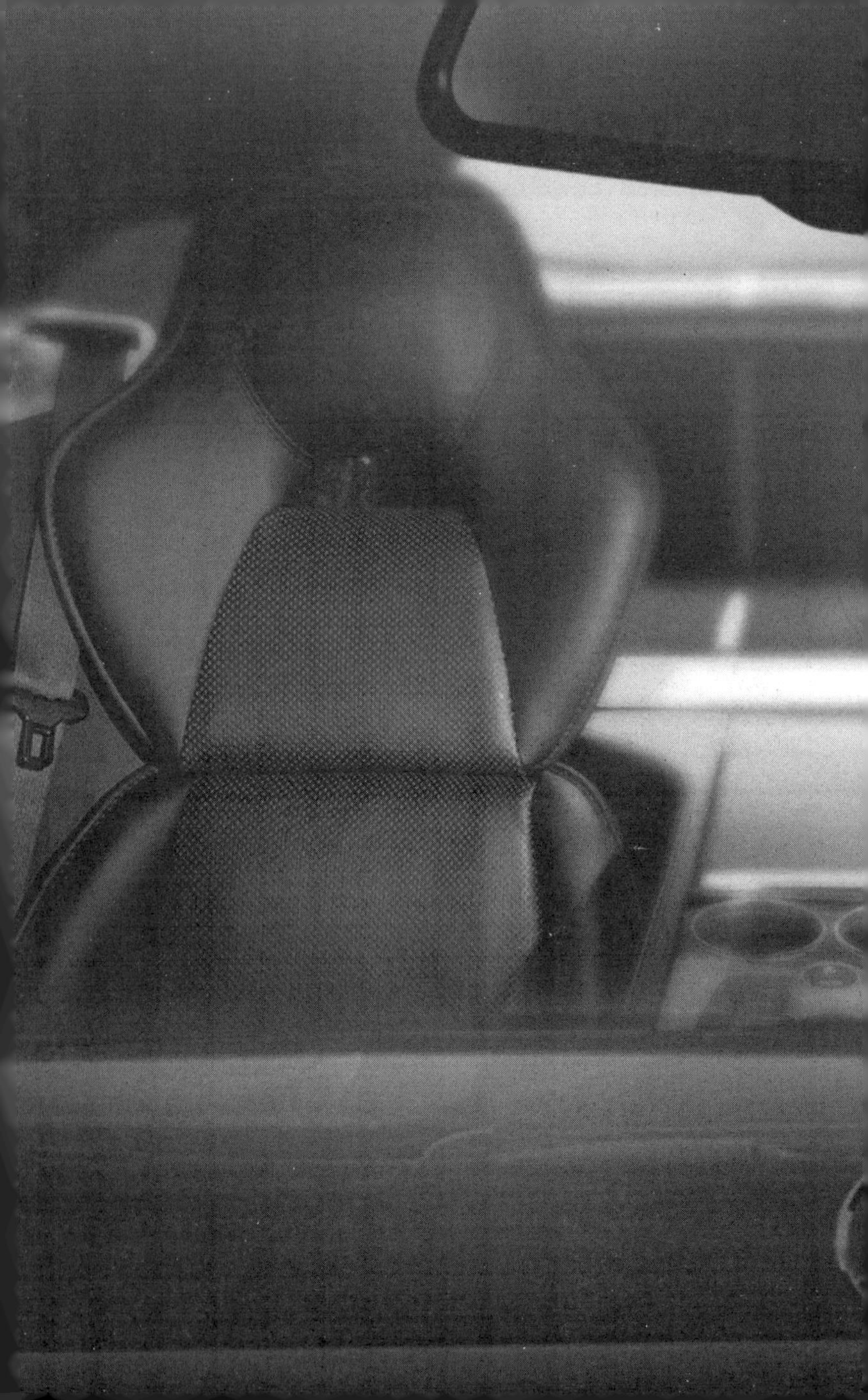

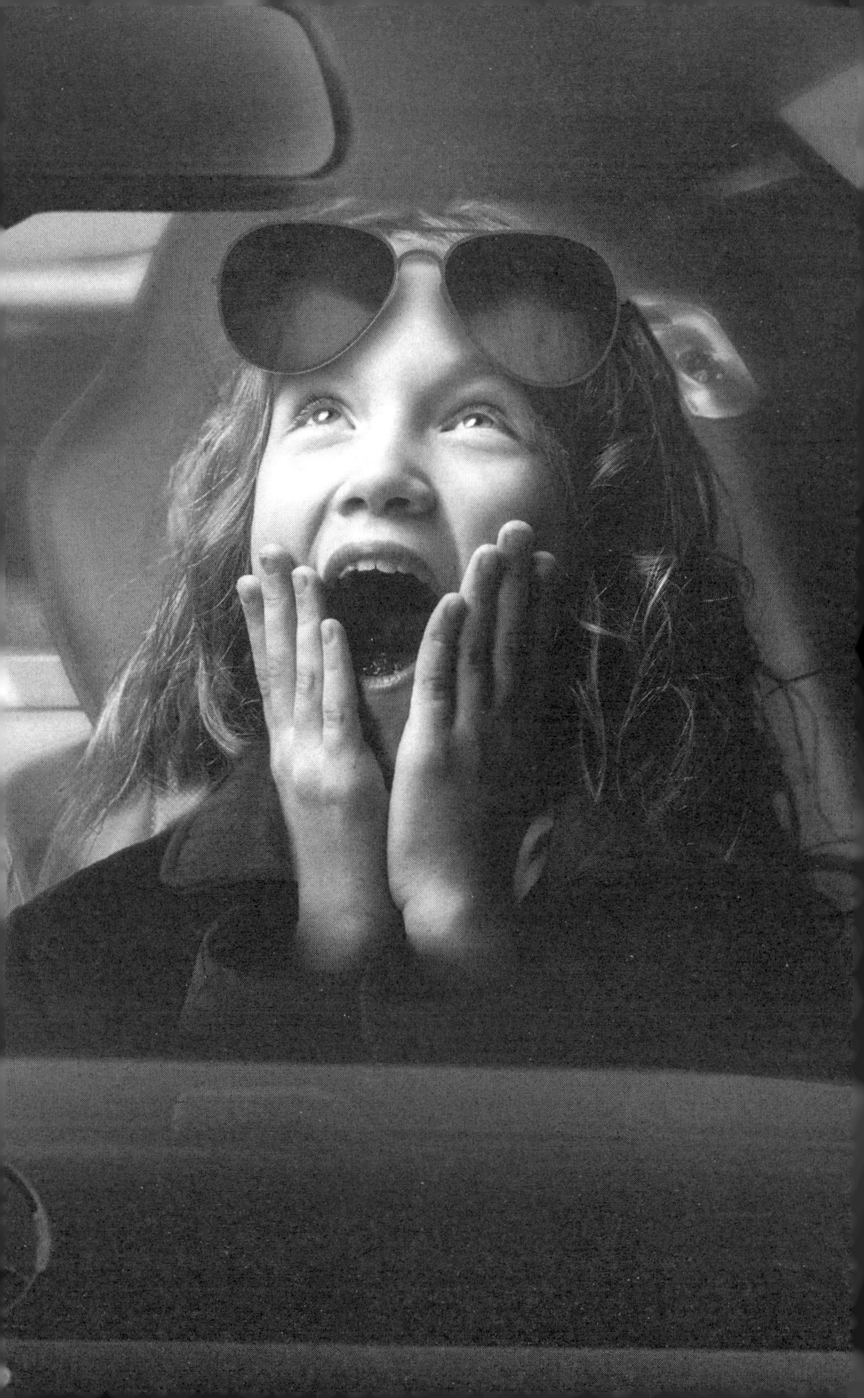

"你们到车上来,小屁孩们!"

但这不是姨妈的声音。他们立刻转过去,看见从车窗里探出一个戴着黑框眼镜的脸。

这是一张七岁小女孩的脸!

"我跟你们说过了,"七岁的姨妈威胁道,"你们到车上来,我们回家!"

"我的老天!"菲利普小声道。

她充满敌意地看了他一眼,用尖锐的声音喊道:

"你没听见我的话吗?到车上来!"

这时孩子们大笑起来。小女孩还穿着黑色的外套,戴着大大的眼镜,看起来非常滑稽。他们上了车。

菲利普逗趣地笑道:

"姨妈太小了,或许都不能开车了。"

"你在说什么,小鬼?"

孩子们没有说话,他们看着变小了的姨妈,笑得直不起腰。

最终姨妈也感到不安起来,她看了一眼自己涂着红色指甲油的小手,然后她再看了一下镜子。她开始尖叫,像看见鬼一样。

"那再见了,姨妈!"菲利普说道,"我们必须走了! 拜拜!"

他向因为害怕而尖叫的小女孩挥了挥手,拿起椅子向公交车站走去,库奇和托西亚跟在他身后。

姨妈走出车子,完全是一个小家伙,但还穿着高跟鞋,她看着他们远去,擦了擦眼泪。

托西亚停了下来。

"你们等一下。"

"干什么?"

"我们不能把她就这样留在这里。她太小了。我们必须把她变回去或者带上她。"

"你疯了吗?"菲利普喊道。

托西亚转过身,走向小孩似的姨妈那里。她困惑地看着小女孩儿,这个女孩不久前还是一个高大而凶悍的女人,托西亚不太清楚应该怎么称呼她。

"你跟我们一起……姨妈。"

姨妈生气地回答道:

"我不会跟你们去任何地方的!"

"你会挨饿的……或者有人会绑架你的。"

"比如说某个可恶的姨妈。"库奇补充。

"你们离我远点!"

"说了不行就是不行,"菲利普坚定地说,"你过来。"

他们假装要走。尽管他们也不太清楚接下来要怎么做,

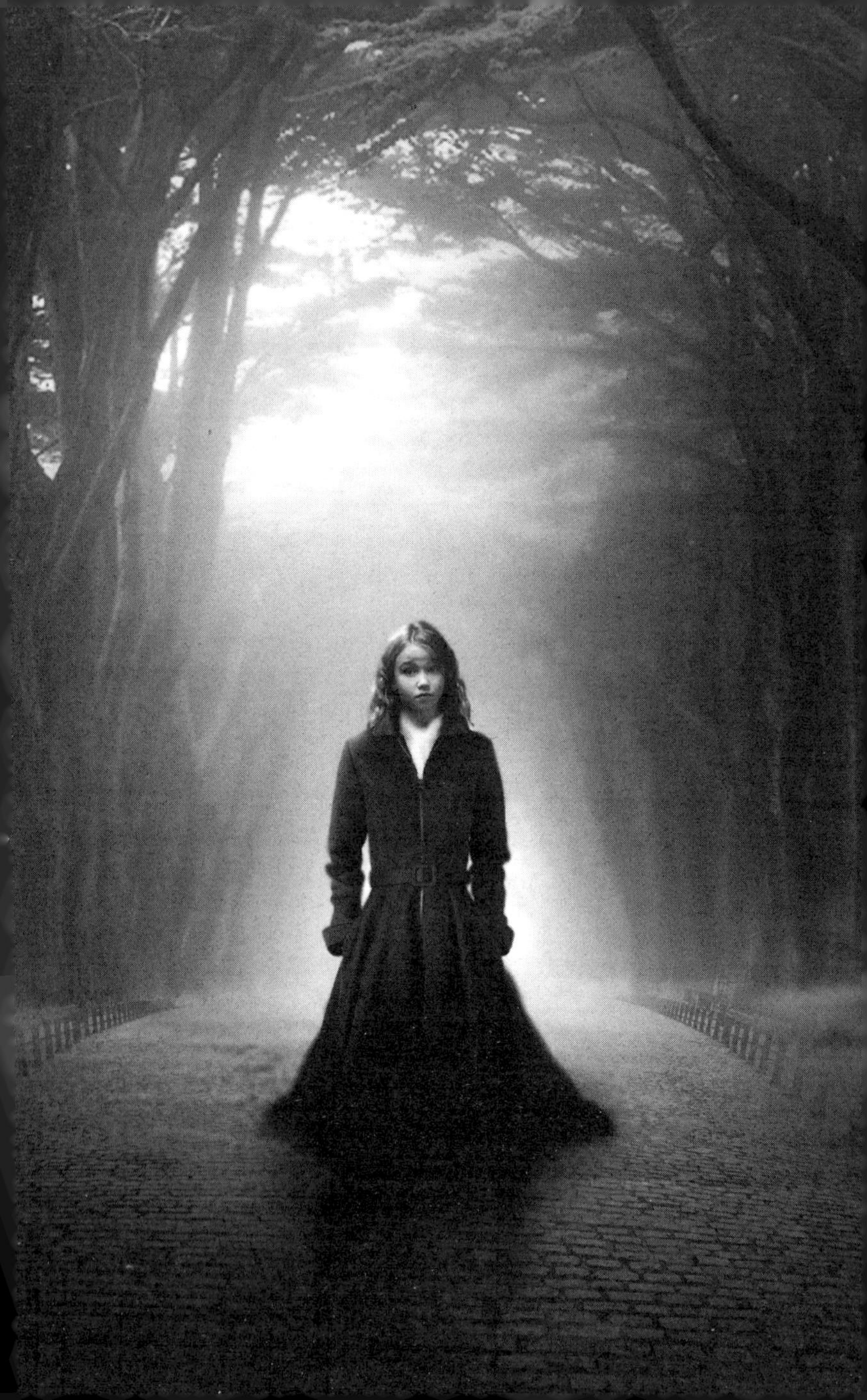

事实上是他们不能把一个这么小的人单独留在这儿。突然,高跟鞋的脚步声响起。

他们转过身,变小的姨妈跑向他们。

"好吧,"她紧紧咬着牙齿说道,"我跟你们走。但等我重新变大,我一定要收拾你们!"

七号线的红色公交车上挤满了人。孩子们站在车尾的平台上。变小的姨妈跟他们保持一定距离,充满敌意地看着他们。

"几点的飞机?"库奇问道。

"我从网上把一切都查好了,"托西亚看了一眼卡片,"去哥本哈根的飞机十二点零五分起飞,但最迟必须十一点到机场。"

"还有半个小时,我们来得及。"

"你们到不了。"姨妈说道。

"为什么?"

"因为这辆车不去机场,它是朝相反的方向开的。"

"姨妈怎么知道?"

"因为我比你们大,也比你们聪明,"七岁的小女孩嘀咕道,"那边有公交车行程表。"

孩子们跑到行程表前,上面标明了路线图。

"她说得有道理!我们坐错方向了,"托西亚喊道,"我们必须下车!"

"没必要。"

菲利普坐在椅子上,平静地说:

"我希望这辆车直接开到机场。"

就这样开始了。公交车突然来了个急刹车,好几个乘客摔倒在地上,紧接着伴随着轮胎的尖叫声,它调了个头,朝反方向开去。大吃一惊的乘客们喊道:

"出什么事了?他疯了吗?他要开到哪里去?"

孩子们心满意足地相互看了看。

这时候不可思议的事发生了。路向右转,但车子没有顺着路转弯,而是笔直开!它撞向围栏,冲破它径直开向公园。

乘客们开始尖叫。车子像疯了一样驶过不平坦的草坪,践踏着花床和垃圾箱。

"司机在干什么?"

"他喝醉了!"

"他疯了!"

在又一次颠簸中,菲利普从红椅子上摔到了地板上,一个胖女人跌坐在椅子上,歇斯底里地尖叫。

疯狂的公交车穿过公园,行驶在通往市中心的狭窄小路上。它逆向行驶在单行道上,冲破广告牌,撞翻路标。迎面而来的汽车纷纷躲到人行道上,还有些车撞破橱窗,开进了店里。

"它在干什么?"感到害怕的菲利普喊道。

"直接去机场了!你让它直接去机场了!"同样很害怕的托西亚喊道。

公交车驶进街边的咖啡店。幸运的是,所有人都顺利逃脱了,除了一个服务生,他正拿着满满一托盘的玻璃杯准备逃走。最终车子仓促地飞过咖啡店,从冰柜上压过去。公交车压过藤条编成的桌子,驶向市中心。

"菲利普,你快去阻止它,不然就要出人命了!"托西亚喊道,"收回那个魔法!"

菲利普和库奇本来就打算这么做,但那个胖女人还坐在"他们的椅子"上,她歇斯底里地尖叫,根本不挪位。

公交车在市中心猛冲,完完全全就是走的一条直线。舞台前的观众群四散开来。马科斯站在舞台上,他还穿着那双弹簧鞋。他转过身,看见公交车径直向他冲来。在车子撞向舞台的瞬间,马科斯拼命地向上一跳,跳到了车子顶上。

公交车撞破舞台,冲向一个充气的大门,门上写着:"精

CENTRUM

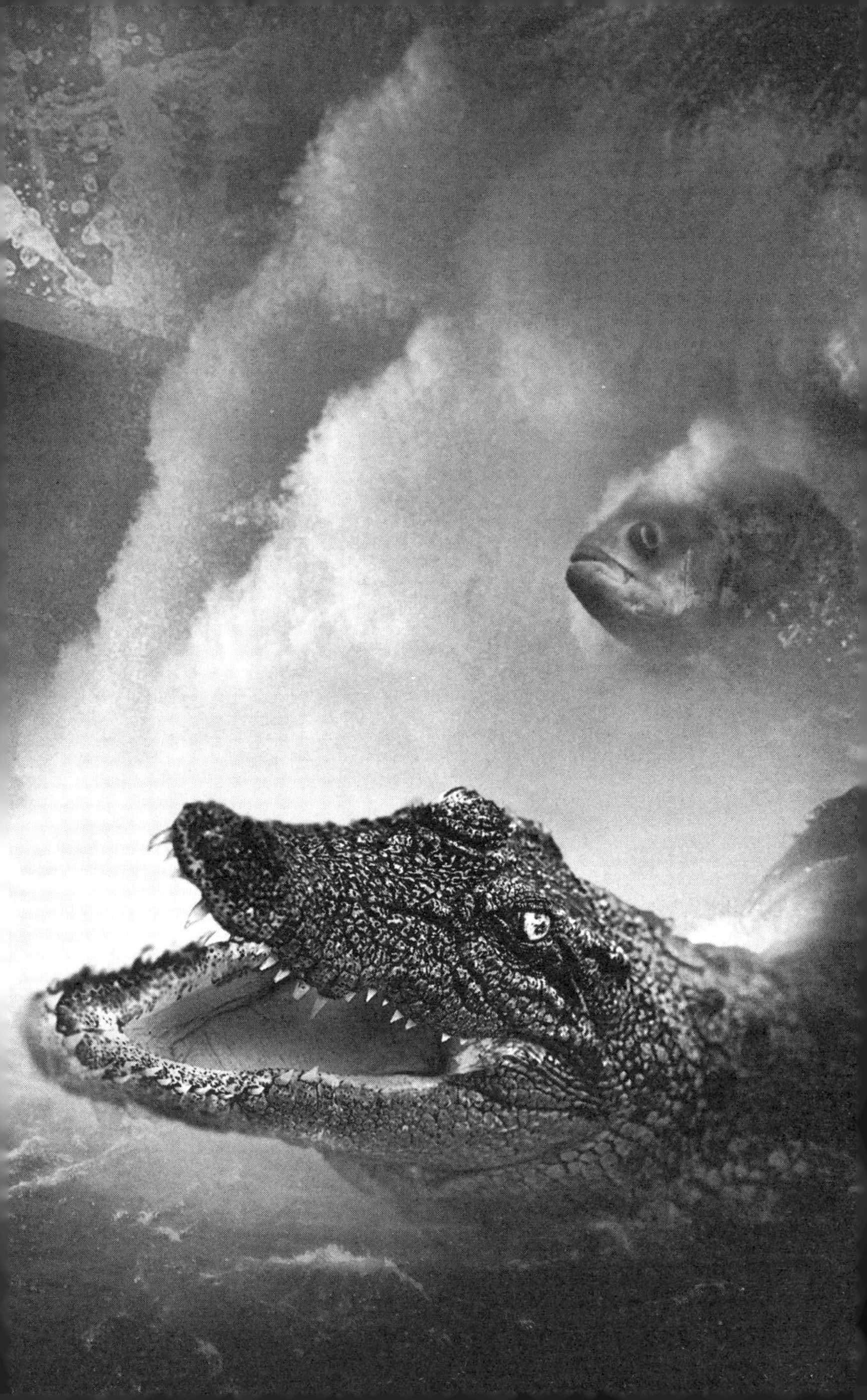

彩不容错过！鳄鱼和水虎鱼的表演"。

"菲利普！快让车停下来！"托西亚喊道。

菲利普使出浑身的力气想把魔力椅从尖叫的女人身下拉出来。

"请您起个身！"

这时公交车开进了海洋水族馆。巨大的养鱼缸一个接一个被撞破，鳄鱼和水虎鱼随着上百升水一道溢了出来。

马科斯趴在车顶上，疯狂地甩开咬他的鱼。突然他惊恐地看到一条巨大的鳄鱼降落在他旁边。它张着宽宽的大嘴，露出魔鬼般的牙齿，看起来不太高兴。

公交车开出了大路，路的尽头是机场。它飞速地向前开，直冲登机大厅。如果它撞上大楼，那么就没有人能活着从车里出来了！绝望的托西亚抓住一条水虎鱼的尾巴，这条鱼是从窗户掉进来的，她将它往坐在椅子上的女人的衬衫上扔。因为受到了更大的惊吓，女人站了起来。菲利普立刻坐到椅子上，喊道：

"让这辆车停下来！"

一声急刹车。因为惯性，公交车又继续爬上了通向机场的台阶，但最后终于停了下来。

在公交车内没有乘客敢说话，过了一会儿所有人都大喊着冲向车门，他们用暴力将门打开，然后逃走了，只留下托西

亚、菲利普、库奇和变小了的姨妈。面如死灰的司机从驾驶室走出来,一边颤抖一边轻声说:

"我到底做了什么?老天,我都干了什么……"

菲利普迅速坐上椅子,喊道:

"请把所有被我们破坏了的事物都修复好。"

幸运的是机场建在山上,整个城市都在视线范围内,所有的东西都立刻被修复好了。最终鳄鱼张开大嘴,松开了马科斯的鞋。远处响起警车的警报声。托西亚一把抓住椅子。

"我们离开这里。"

他们从车上跳下,跑向机场。他们没有注意到马科斯,此时他还坐在车顶上,入迷地看着孩子们和红椅子。然后他站起来,跳上人行道,踩着自己的弹簧鞋去追他们。

机场聚集了一大群旅客。假期刚刚开始,几百个带着行李箱的乘客和喧闹的孩子们充满了整个出发大厅。到处都是长长的队伍。菲利普和库奇四处看看,感觉有点找不到方向。

"我们该去哪里?"库奇困惑地问道。

"我知道,"小姨妈小声说,"但我不告诉你们。"

"我们自己能有办法。"托西亚说。孩子们中只有她曾坐过飞机,因为她跟随学校的管弦乐队去过布拉格。"首先我们必须先去登机,在那里。"

她指向一个柜台,上面闪着字幕:

"007号飞机。去哥本哈根"。

他们跑到那个柜台。幸运的是这里的队伍不太长。在他们就要走到柜台前时,菲利普说道:

"对不起,姨妈,但现在我不能让你说话。"

"你在说什么,小鬼?"

接着菲利普坐在椅子上,嘀咕着些什么。

"你在做什么?"托西亚问道。

"我要求姨妈只能说马达加斯加语,这样她就不能告诉其他人出了什么事了。"

姨妈愤怒地看着他,嘴里说出一串奇怪的词汇。听起来差不多像是这样的:

"妈咪塔卡!马那日!米哦他!米卡斯卡!很阿红马卡斯卡!卡里法体反阿拉娜阿敏!"

她看起来像是为了能说自己的语言而在进行绝望的尝试,但没有任何效果。最后她不说话,只是愤怒地看着菲利普。

柜台的工作人员喊道:

"下一位!"

他们走到柜台前。

"您好。"

工作人员吃惊地看着他们。

"您好。你们跟谁一起乘飞机?"

"和我们的姨妈。"

"她在哪里?"

"这里。"

工作人员看了一眼戴着深色眼镜的小女孩。

"你们在开玩笑吗?"

"没有。给她看你的护照,姨妈。"

工作人员仔细看了看护照。

"我不明白。这个小孩有四十岁?"

"是的,女士,"菲利普快速地说道,"我们的姨妈做了整形手术,所以看起来更年轻,不过稍微做过了一点。"

"很阿红马卡斯卡!"姨妈喊道。

被惊呆的工作人员将护照还给她。

"请出示机票。"

孩子们早就准备好了。他们把全新的机票递给她。

"很好。请把行李放上来称一下。这张椅子也要称。"

"什么?"菲利普不信任地问道。

"我必须称一下它。把它放上来!"

菲利普小心地将红椅子放到传送带上,从打印机里出来几张白色的纸条,工作人员把它们粘到背包和椅子上。她按下按钮,传送带开始运动,椅子和行李一道被运走了。

"您在做什么?"库奇喊道。

"怎么了?"工作人员感到奇怪。

"请您把我们的椅子还给我们!"

"但它太大了,不能带进机舱。它将放在行李舱……"

"我们不同意!请您把它还给我们!"

"我不能倒转传送带。呃!你们在干什么?"

菲利普和库奇跳上传送带,托西亚跟在他们后面,紧接着是迷你姨妈,她担心如果椅子丢了,她就一辈子都是一个说着马达加斯加语的七岁小女孩了。

工作人员尖叫着站了起来。

"保安!"

两名机场保安冲到她跟前。警报开始嘎嘎作响。

行李传送带开始闪电般地运行。红椅子正向那个黑洞的方向前进,所有的行李都会掉进那个洞里,然后消失不见。

菲利普和库奇在加快的传送带上跑,跳过行李箱和包包。他们被绊倒了,然后调整一下,又重新站起来。托西亚和姨妈紧紧跟在兄弟俩身后。椅子到了被塑料帘遮住的洞口。它斜向一边,掉进黑色的洞里,一直掉到底部,菲利普差一点就抓住它了。孩子们想都没想就跳进洞里,跟椅子一道下去。姨妈犹豫了一下,接着也跳了下去。在他们身后追的保安个子太大了,跳不进洞里,只得往门的方向跑去。

孩子们和行李一起经过弯弯曲曲的滑行,跌落到其中一条传送带上。他们发现自己到了一个完全不一样的世界。他们的周围像是由通往不同方向的传送带组成的迷宫。行李从不同登机口的通道上掉下,被送往不同的方向。行李滑行着旋转着,仿佛在跳神奇的舞蹈,最终它们会抵达具体的飞机。所有的一切都是全自动的。大厅很大也很黑。孩子们四处张望寻找椅子,终于菲利普看到它了。

"在那里。"

红椅子正往飞机的行李舱方向前进。孩子们连忙跑去追,姨妈也跟着追,她被高跟鞋绊倒,嘴里喊着奇怪的词汇。他们在传送带间奔跑,扔开行李,跳下把他们向反方向运的传送带。椅子离飞机只有几米远了。如果它进了飞机的话,那么他们就不能再重新得到它了。因为它不知道会被送到哪里去。库奇停下来,用尽可能大的声音喊道:

"回到我们这里来!你回来!"

这时,红椅子就像是一只忠实的狗一样站起。它升到传送带上方,以非常快的速度飞了过来,一会儿就降落在库奇的旁边。这时大厅的门开了,一队保安跑进来。在孩子们还没来得及做什么的时候,他们围了过来,抓住了椅子的一角。

托西亚、菲利普、库奇和迷你姨妈表情阴郁地坐在机场保安室里。在孩子们对面坐着身穿红色制服的保安领导。在远处,某个技术人员正在用仪器检测椅子,仪器发出轻轻的嘀嘀声。还有一只狗正仔细地嗅着魔力椅。

"这里什么也没有。这只是一件普通的家具。"

技术人员将椅子放在领导旁边,带着狗一起出去了。

"我最后问一次,"领导威胁地看着孩子们,"你们为什么要么做?你们的父母在哪儿?"

孩子们不说话。作为回应,迷你姨妈说了一大段马达加斯加语,接着她也沉默了。

"奇怪的孩子,"领导感叹道,"看来我得叫心理学家。"

他转过身,拿起电话话筒。菲利普小心地站起来,蹑手蹑脚地向椅子走去。迷你姨妈大喊道:

"妈咪塔卡!密谈冬日娜!"

领导转过身,但已经太迟了。菲利普坐在椅子上,喊道:"让这位先生睡着。睡五分钟!"

领导站起来,但马上就跌倒在沙发上。他打了一个哈欠,头慢慢滑向办公桌。他开始打呼噜了。

"我们走!"

菲利普抓起椅子冲向门口,托西亚和库奇跑在他身后,迷你姨妈迟疑了一下,但最终还是跟着跑了。

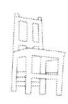

他们藏在机场地下车库的汽车中间一起开会讨论。

"我们不能乘汽车飞。"托西亚说道。

"不能。"

"那我们现在怎么办?"

"或许我们可以变出个司机,让他帮我们开到哥本哈根。"菲利普出了一个主意。

"这可是绑架,是违法的。他们会把我们送到监狱的。"

"盘古哈!"姨妈喊道。

"她想说什么?"

"盘古哈阿!"

迟疑了一会儿,菲利普解除了她身上的魔咒,姨妈又可以重新说他们听得懂的语言了。

"火车!"她喊道,"你们可以坐火车!你们能不能听懂我的话?"

库奇闭上眼睛:

"请姨妈不要那么喊,我们已经听懂了。"

"火车要多久能到哥本哈根?"托西亚问道。

"明早你们就到了。还有十分钟就出发了。"

"姨妈怎么知道的?"

"我手机里有火车行程表!"

他们站起来,向火车站的方向冲去,幸运的是火车站就在路的另一边。库奇觉得从这段旅程开始,他们就总是毫不停歇地往某个地方跑。他们中没有人注意到有一个穿着弹簧鞋的人正好从停车场里走出来。马科斯在整个机场寻找孩子们,但一无所获,他已经打算放弃了,因为觉得孩子们肯定乘某架飞机走了。当看到他们跑出去时,马科斯高兴得大叫,赶紧追了上去。

在第一个月台上停着一辆银色的开往哥本哈根的火车"欧洲之城"。列车长看了看表,准备拿口哨。

"请您等一下。还有我们!"

列车长奇怪地看了看四个孩子,他们还带了一把椅子。

他们在月台上跑,相互帮助爬上了车厢。列车长朝孩子们的方向走去,想问一问他们是跟谁一起的,这时月台上出现了一个奇怪的男子。他穿着一件破了的外套,脚上穿着弹簧鞋。他也上了火车。列车长想追上男子,但站长开始猛烈地挥手,指着时钟,于是列车长吹哨跳上最后一节车厢。门嘶嘶地关上,火车出发了。

他们占据了整个一等座包厢。库奇惊叹地看着奇怪的设备:一按按钮,藏在座位扶手处的小灯和放饮料的小柜子就会弹出来。椅子没法放在架子上,所以他们就将它放在过道上,靠在门边。菲利普和小姨妈面对面坐着,姨妈充满敌意地看着他。

"姨妈。如果我们想要和睦相处,你必须遵守规则,"菲利普坚定地说道,"首先,你不能碰这把椅子。"

"第二,你必须听我们的。"库奇补充。

"我永远不可能听你们的!"姨妈生气地喊道。

"如果你不听我们的,那么姨妈就永远别想让我们把你变回去。"

姨妈气得直喘气,戴上深框眼镜。

马科斯走在最后一节车厢的走廊上。他一个包厢一个包厢地查看,小心地检查每一位乘客的眼神,因为他不能确定孩子们是不是把自己变成其他人了。

此时,在另一个车厢,菲利普将一篮橙子、糖果、三明治和瓶子放到沙发上。

"我们变出了食物和几款游戏卡牌,只供给我们!"

他们走向打开的包和饮料。迷你姨妈羡慕地看着他们,她很饿,也很想睡觉。

托西亚看了她一眼,拿了橙子和苹果汁递给姨妈。

"给你。这是给你的。"

七岁的小女孩接过东西,但没有说谢谢。

"你们是怎么做的?"她问道。

"什么我们是怎么做的?"

"嗯,就是这些魔法。"

库奇自豪地看着她,说道:

"我们可以做任何事。"

"但怎么做的? 你们必须说某些特殊的词语?"

"不用。只要我们坐在椅子上,说我们想要什么,然后我们就得到了。"

"你干吗要告诉她这些?"托西亚喊道,"现在我们必须一直看着她了!"

姨妈得意地看了看。

"你们看不住我的!"

但菲利普大笑:

"别着急,姨妈。我设定了用户身份锁。"

"你设定了个什么?"感到奇怪的库奇问。

"一道封锁。我命令她不能施法。只有我们能够这么做。"

姨妈的表情非常生气,她将橙子皮扔向菲利普。

车厢过道间的门吱的一声开了,马科斯费力地走了进来,弹簧鞋让他在狭窄的过道上行走变得更加困难。他仔细地张望。

他看到红椅子站在走廊的另一头!他开始向它爬去。在还有几步之遥的时候,他听到有人说话:

"请出示车票。"

他猛地转过身,身后站着两名检票员,并且怀疑地上下打量着他。

"我没有票,"马科斯说道,"我没来得及买票。"

"我明白。那您可以现在买。"

"我没带钱包。"

"这样的话,请您跟我来。"

马科斯看了看椅子,懊恼地跟着检票员走了。

丝毫没有感觉到危险的孩子们正在玩地产大富翁。七岁的姨妈没有参与其中,但她充满兴趣地观察着这个游戏。

"我要花两百元买一个旅馆。"库奇说着,放了一把塑料硬币在信息栏。

"你做得不对,"姨妈喊道,"应该买发电厂。"

库奇看了一眼信息栏。确实,他弄错了,但显然他并不想承认。于是库奇转过身,轻蔑地对小女孩说道:

"你不懂,姨妈。"

"我懂的!"七岁小女孩怒气冲冲地说道,"我在一家银行当了二十年的主管,我知道怎样收益高。你别跟我争,小鬼!"

库奇也生气了。

"你听着,姨妈! 我们不跟你玩,因为这里没有人喜欢你!"

托西亚拉住他的手。

"库奇,别这么说! 她才七岁。"

"她不是七岁。她有四十岁。我不喜欢她,你们也不喜欢她。也就是说,这里没有人喜欢她。"

这时门打开了,检票员往里面看。

"你好,"她仔细地看了看孩子们,"你们自己乘车?"

"是的。"菲利普回答道。

"你们的父母去哪儿了?"

"我们乘车去找他们。"

检票员还想说什么,但这时姨妈站了起来,跑向检票员,抓住了她的手。

"他们说谎。他们把我绑架了!请您救救我。"

"这是怎么回事?"检票员惊讶地看着小女孩。

"他们是绑匪和骗子!快救救我!"

托西亚拉住姨妈,把她拉回到座位上。托西亚堵住她的嘴,喊道:

"她在幻想,您别信她。她有丰富的想象力,事实上她有点奇怪和过分紧张。"

检票员困惑地看着突然挣脱管束的小女孩。

"你们负责照顾她?"

"我才是他们的监护人。"姨妈一边喊道,一边挣脱了托西亚。

菲利普弯下腰轻声说:

"姨妈,安静地坐回去,不然我把你变成蜘蛛。"

检票员已经看够了这种表演。

"请出示车票。"

菲利普站起来。检票员堵住了他去往椅子的路。

"马上就给您看车票。但我必须先坐在那张椅子上。"

姨妈高喊：

"别让他坐上椅子。他会把你变成狼蛛的！"

另一名检票员往包厢里看。

"出什么事了？"

第一个检票员耸了耸肩膀。

"有几个孩子无票乘车。"

菲利普意识到情况越来越不妙。他朝椅子的方向走去。

"我想坐到椅子上。"

检票员挡住了他的路，为了吓唬他们，他自己坐在了那把红椅子上。

"小伙子，我希望你能实话告诉我这到底是什么情况？"

过道吹过来一阵大风，好像有人突然打开了所有的窗户。检票员们的帽子从头上掉下来，与此同时，菲利普站起来，立正，就像在军队里那样。

"菲利普，什么也别说！"托西亚喊道。

太迟了，魔法已经生效了，菲利普开始用机器人的声音说道：

"注意了！我说的都是实话。我们没有票。这是我们的姨妈，她可能有四十岁了，我们把她变小了。这把椅子可以变出任何东西，甚至是原子弹。我说完了。"

菲利普累得瘫倒在座位上。检票员惊讶地看着他,接着大笑起来。

"孩子的想象力真丰富!"

检票员舒服地坐在椅子上。

"你们从家里逃出来的,对吗?"

孩子们不说话。

"我以前也曾离家出走。你们知道为什么吗?因为爸爸不想给我买狗。我躲在阁楼上大喊:'我想要狗,我想要一百只狗'……"

库奇害怕地喊道:

"请您不要那么说!"

检票员奇怪地看着他:

"为什么?"

这时传来轻轻的响动声。

"我觉得会有麻烦。"库奇小声说。

麻烦来得非常快。第一个麻烦从检票员的包里探出脑袋,它是一只小小的拳师狗。它看起来非常友善,但检票员惊恐地看着它,好像它是一条有毒的眼镜蛇。她还没来得及仔细看它,第二个麻烦又从她的制服口袋里冒了出来。这次是一只拉布拉多犬,它发出尖锐的叫声。瞬间从火车的各个方向传来此起彼伏的狗吠作为回应。

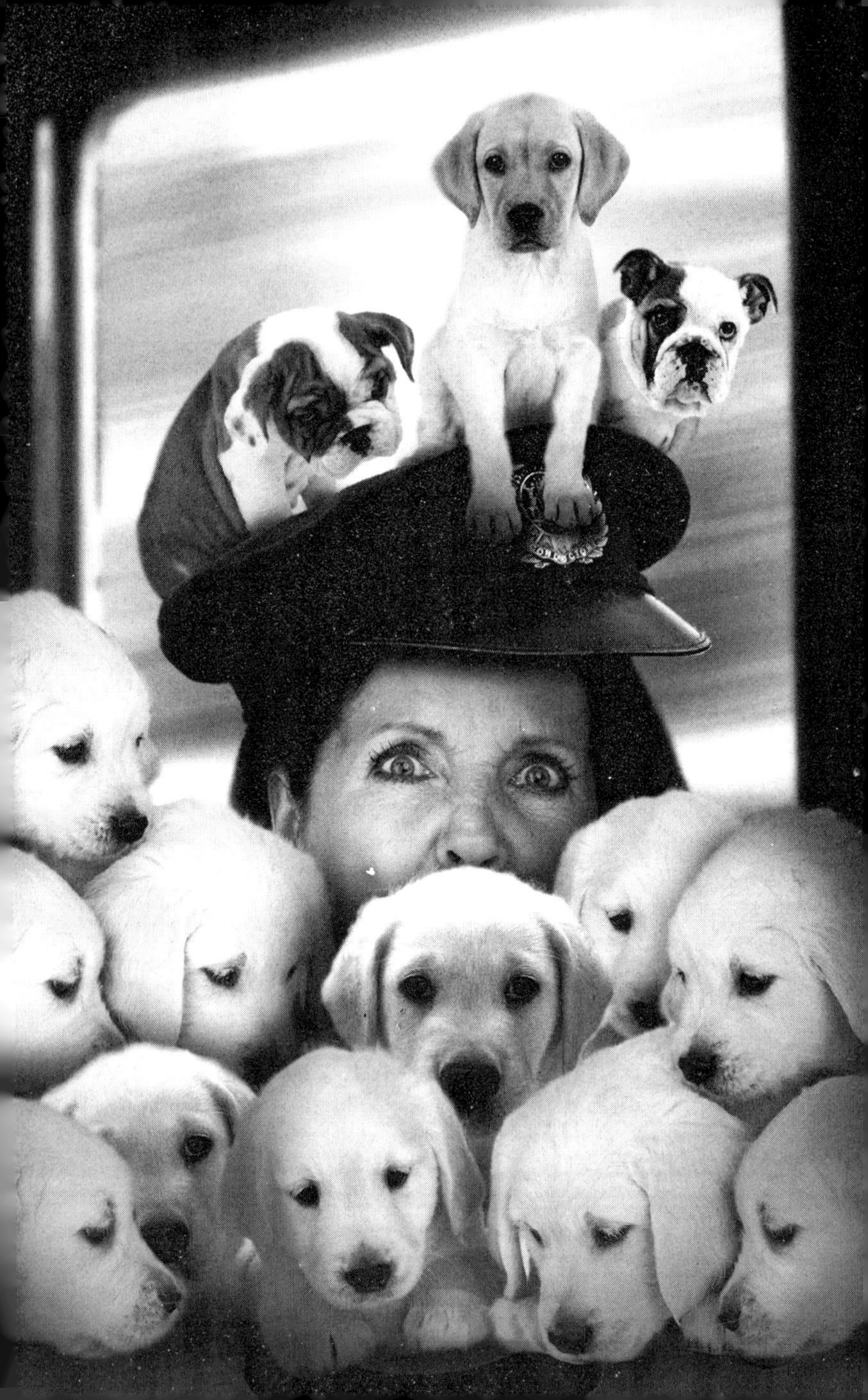

检票员站了起来。

"这些狗是谁的?"

"您的。您有100条狗。"菲利普平静地说道。

这时车厢里开始骚动。乘客们在尖叫,因为他们看见从箱子里,从电脑包里爬出各种狗。达尔马提亚狗、斗牛犬、达克斯猎犬、爱斯基摩狗,还有欢乐的杂种狗,它们不知道从什么地方冒了出来。它们跳上人们的膝盖和头顶,摇摆着尾巴,舔着他们的鼻子。检票员们慌乱地在过道上跑,这里挤满了许许多多不同大小的狗狗。所有的狗狗都在吠叫,跳上跳下,挠来挠去,尽情地撒欢。

孩子们惊讶地看着这一切,最后托西亚反应过来。

"菲利普,快取消这一切。"

但是这个魔法已经收不回来了。一百只狗在整列火车上乱跑,已经跑出视线之外。乘客们要么在走廊上来回乱走,要么紧闭包厢的门。骚动越来越大。

"我们快离开这里!"托西亚喊道。

菲利普坐在椅子上喊道:

"请让整列火车停下来!"

一声刹车声,火车停在了空地上。菲利普立刻打开门跳到路边,托西亚和库奇也跟着跳了下来。只有迷你姨妈还在犹豫。她穿着高跟鞋,她的腿也很短。

"来呀！跳下来，可恶的告密者！"

姨妈最终还是跳了下来，库奇抓住她的手以免她摔伤。

火车开动了，一会儿就消失在转角处。尽管离得很远，他们还是能听见狗吠声。

只有孩子们孤零零地留在这里。他们面前是巨大的荒野，长满干枯的野草和黄色的花，再过去是森林，看不见一幢房子或一条路。托西亚转过身，不安地问道：

"我们怎么走出去？"

与此同时，听到火车刹车声的马科斯望向窗外，他看到孩子们和椅子在路边，也想跟他们一样跳下去，但一只巨大的德国短毛猎犬跑向他，朝他凶狠地狂吠。

"滚开，滚！"马科斯喊道。

德国猎犬露出长而尖的牙齿走向他。马科斯躲进厕所，关上门。狗趴在门上，大声吠叫，用牙齿咬住门把手。火车开始加速。这时马科斯使出全身的力气踢向窗户。窗玻璃砰的一声被打破了，马科斯从高速行驶的火车上跳下，在路边打了几个滚。

**06**

孩子们穿过长满银色草的山,小蜥蜴从他们的脚下逃走。地上都是洞,里面肯定住着老鼠或是兔子。天气非常热。

椅子走在孩子们的前面,好像是他们的向导。变小的姨妈一瘸一拐地跟在最后。她坚持不脱掉高跟鞋,结果有一次她的鞋跟掉进老鼠洞里,然后她就摔倒了。就这么走了一个小时后,他们感到很累。他们走到了一个沙坡前,斜坡很陡峭,直接通向森林的方向。菲利普、库奇和托西亚冲过去,猛地一跳,落在沙子上,站起来,然后继续跑。他们一边嬉笑一边叫喊。椅子跟在他们身后跑,一边神奇地翻着跟斗,跳来跳去。

迷你姨妈愤愤地看着孩子们撒欢。她也想去跑,但她穿着不舒服的鞋,而且她觉得自己早已是一个成年人了。于是她只是大喊:

"你们等等我!"然后开始笨拙地爬下陡峭的山坡。

马科斯在荒野上奔跑,踩着他的弹簧鞋大步前进,他哪儿也没看到孩子们。突然他停住了,在远处,在沙地上,他看见了一些脚印。马科斯朝那个方向走过去。

已经是傍晚了,太阳越来越红,树的影子越来越长。孩子们走过绿色的草地,草长得很高。他们觉得越来越累。最后库奇停了下来,坐在石头上。

"我走不动了。我们永远也走不到有人的地方了。这里好像是世界的尽头。"

迷你姨妈是他们中最累的一个,她喊道:

"为什么你们这么愚蠢?你们可以变出汽车,然后我们就可以舒舒服服地乘车了。"

"没有人问姨妈你的意见!"菲利普倾身向着托西亚,小声问道,"或许我们真的可以变一辆越野车出来?"

"但我们不会开。"

"我会,"姨妈喊道,"我有驾照二十年了!"

"但姨妈的小短腿太短了。"库奇说道。

"小脑子也太小了!"菲利普补充。

"别这么跟我说话,小鬼!"七岁的小女孩怒道,"我都可以当你们的妈妈了。"

看起来好像要吵起来了。

"你们别吵了……"托西亚一面劝,一面转向迷你姨妈,"你真的会开车?"

"当然。"

库奇和菲利普一起坐在椅子上,因为他们不能决定到底由谁来变超级汽车。菲利普开始了。

"我们想得到一辆越野车,可以是一辆超级吉普……"

"或者是一辆坦克……"库奇喊道。

"我不会开坦克!"迷你姨妈抗议。

"我们希望这辆车很大,有强大的发动机……"菲利普说。

"两百马力!还要有涡轮增压器!"库奇喊道。

"三百马力!四驱。"

"要有空调……"

"银色的排气管……"

"你们别乱来,"托西亚大叫,"这不是汽车公司。"

"还要有金属漆。"

"还要有音乐播放器。"

"GPS!"

接着兄弟俩异口同声地说道:

"给我们这样的车!"

菲利普小声跟库奇说:

"我们肯定会得到一辆保时捷的超级越野车。"

过了一会儿,什么也没有发生,然后他们听到了奇怪的声音。可怕的隆隆声越来越响,连大地都在颤动。兄弟俩从

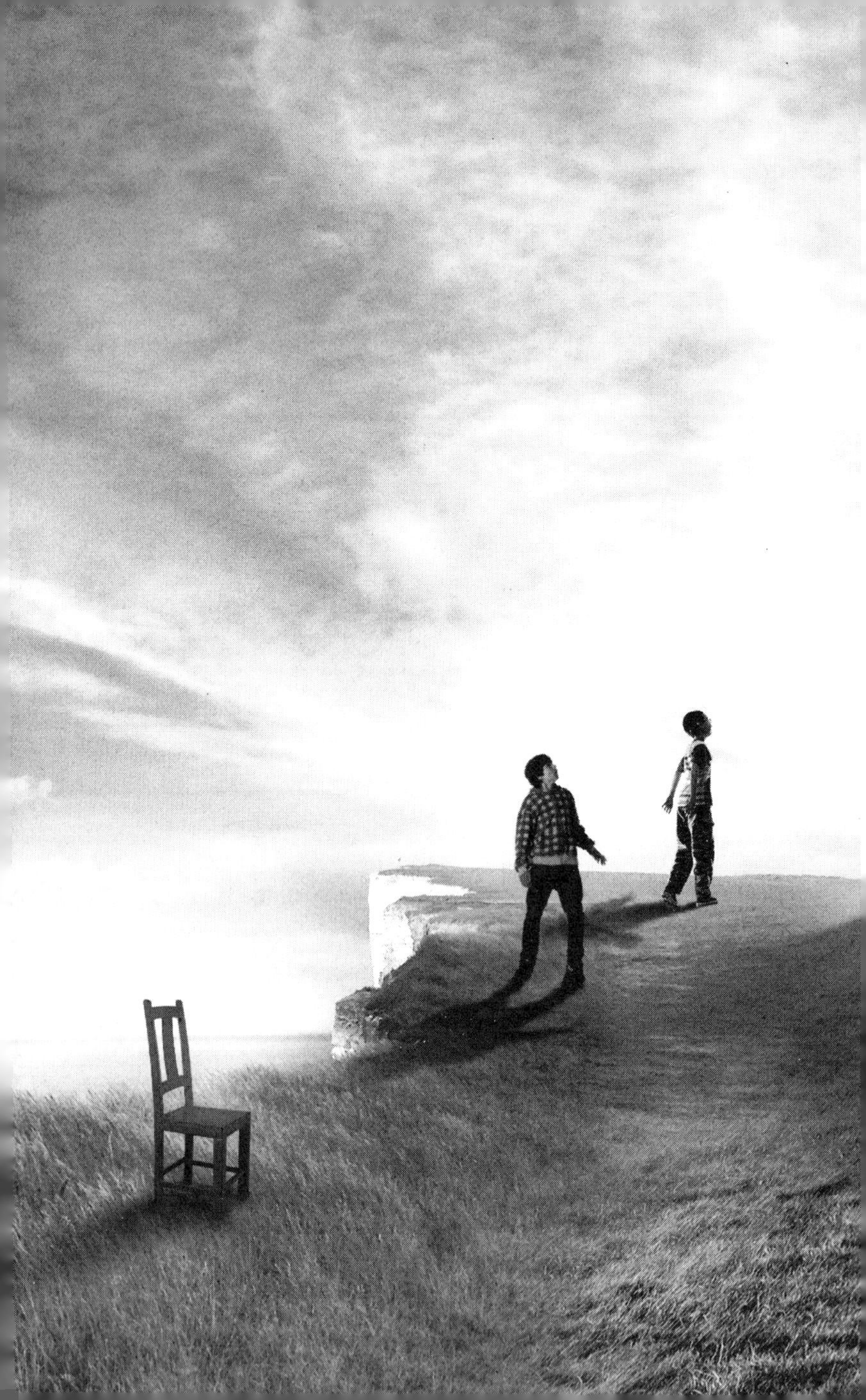

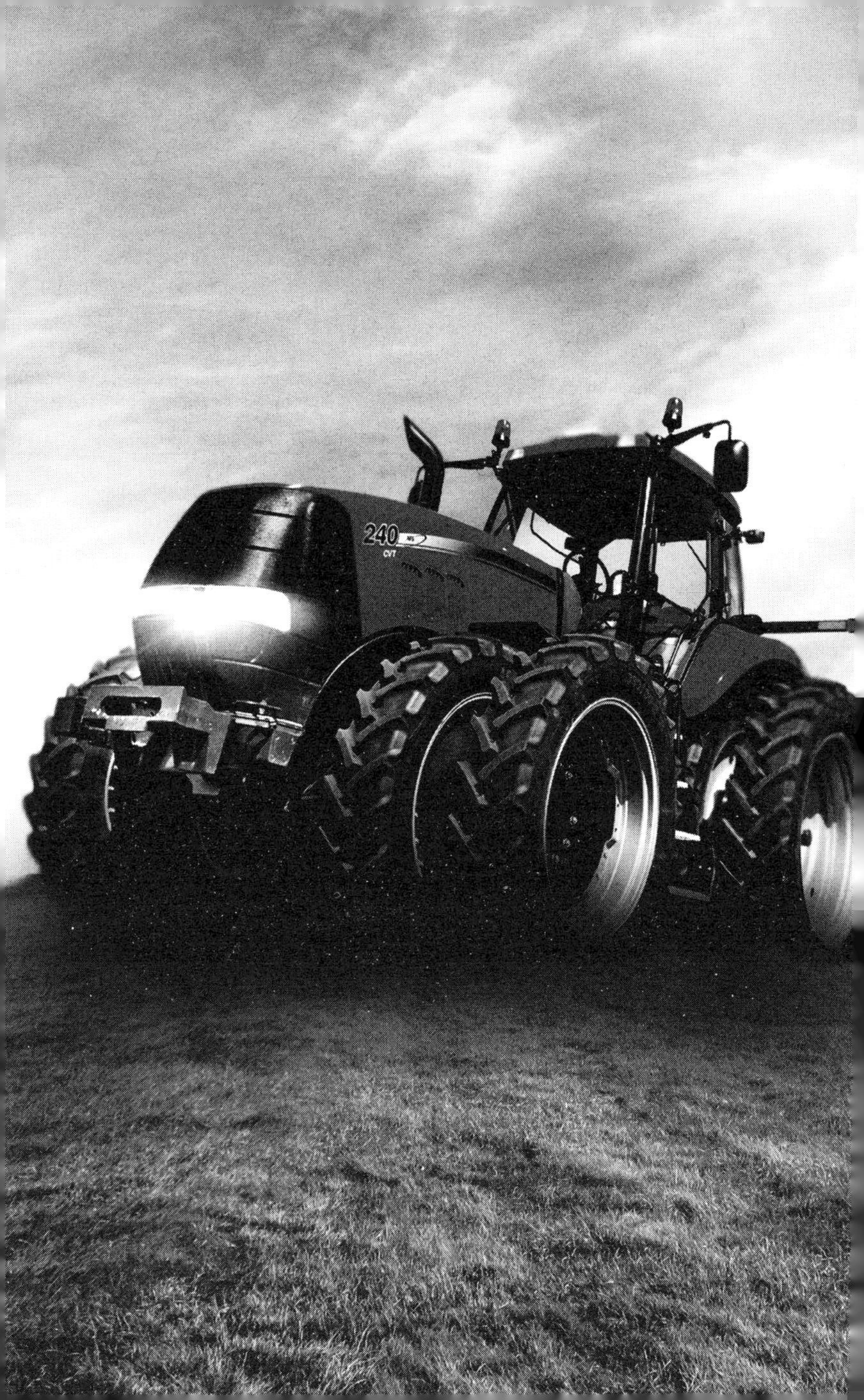
240
CVT

椅子上站起来,七岁的姨妈躲到托西亚身后。

森林后面有什么东西正在靠近,那是个巨大的东西。

"或许它变出了一个恐龙!"吓坏了的库奇轻声说,"恐龙也是在野外的,也有四条腿的驱动力。"

他们躲在沟渠里,只露出脑袋。大地晃动得越发厉害,隆隆声已经响到让耳朵痛了。

"可能是什么东西?"

"宇宙飞船。就像是星球大战里面的一样!"

"或者是F1方程式赛车。"库奇小声说。

"你太愚蠢了。赛车不能在沙地上开的。"

"用魔力开……"

这时他们的交通工具从树后面显现了出来,不是赛车也不是星球大战里面的飞船,是一辆拖拉机。但很不一样!它或许是世界上最大的拖拉机了,像房子一样大。轮子有一个成年人那么高。它自己开了过来,没有司机。巨大的发动机在轰鸣,拖拉机像一只巨龙不断靠近,强大的泛光灯闪着光。它在孩子们的旁边停了下来。孩子们小心翼翼地走向它,在它面前,他们显得很小。

要爬四级台阶才能到驾驶室。菲利普第一个爬了上去,费了好大劲才打开门。里面有十个装置,有一些按钮和操纵杆,看起来跟普通的汽车完全不一样。

"看来得让姨妈来驾驶?"

"应该是吧。"

姨妈开车开得像是喝醉了一样,摇摇晃晃的,一直在绕圈。因为她太矮了,才刚刚超过方向盘,所以什么也看不见,只能他们来告诉她,应该往哪儿开。

"向左转!快转弯,不然就要撞到石头上了!当心,姨妈!"孩子们大喊。

"我怎么当心,我都看不见!"

"你应该长大一点!"库奇说。

"那你们让我变大一点。"

"休想!"

椅子被绑在车顶上,每一次碰撞它都会跳起来,但幸运的是它被绑得很紧。巨大的拖拉机在荒野上行驶得很顺畅,就好像汽车开在高速公路上。菲利普发现了涡轮增压器的按钮,一按下去,车子瞬间就加速了。他们开着车迅速地在草地上行驶,上百只青蛙跳来跳去,绿色的水塘上泛着光。

"这是沼泽,"姨妈说,"我们可能会陷进去,最好还是回去。"

"别紧张!我们冲过去。加油!"

拖拉机的发动机发出隆隆声,车子开始陷入泥潭。

"她说得有道理,"托西亚喊道,"我们必须回去!"

但已经太迟了。沉重的拖拉机开始沉入沼泽中。

"你快开……你别停……加大涡轮增压器!"

他们加快速度,指望依靠速度通过沼泽。发动机隆隆作响,巨大的拖拉机继续向前,但与此同时也越来越陷入沼泽的深渊。

"我觉得我们有麻烦了。"库奇说道。

"关上窗,快!"菲利普大喊。

托西亚拉上玻璃窗。发动机隆隆作响,拖拉机拼命想从沼泽中挣脱出去,却越陷越深。先是轮子,然后窗户也开始沉入到泥潭中,最后整辆车都没入了沼泽的深渊。

在驾驶室里的孩子们相互抱着,室内黑漆漆一片。沼泽的泥黏在窗户上,腐烂的东西和死掉的鱼发出恶臭。拖拉机越陷越深。

"我们会被淹死的!"姨妈害怕地叫道。

水从通风设备的气孔中渗了进来,像黑黝黝的小蛇一样游来游去。

"我们必须打破玻璃游出去。"库奇喊道。

"什么?这可不是水,只有泥。我们也会陷进去的。"

菲利普站起来。

"你们闭上嘴也闭上眼睛!"

他猛地一拉,将天窗打开。臭烘烘的泥巴立刻涌入。菲利普闭上眼睛,用力一撑,跳上车顶。一抬脚关上车盖,在一片漆黑中寻找椅子。他能在水中保持一分钟不呼吸,因此,他知道自己只有这么多的时间。恶心的泥巴包裹住他全身。他摸索到了椅子的座位,坐了下来。

"救救我们,把我们从这里拉出去……"菲利普喊道。

当他说话的时候,泥巴进入到他嘴巴里,他开始呼吸困难。"再不呼吸我就要死了!"菲利普望地想着。突然一条带钩的绳子掉入他的手中。他用尽最后的力气将它系在放行李的架子上。绳子绷紧了,拉着拖拉机,车子开始上升。菲利普已经没有感觉了。因为缺乏空气,他渐渐失去知觉。但在这一刻,突然又重见光明——绳子将拖拉机拉出了地面。菲利普将泥巴吐了出来,里面都是黑色的水蛭,他终于能够呼吸了。他朝上看。在绳子的最顶端是一个巨大的红气球,它把拖拉机从泥潭里拉出来,拉向干燥的岸边。轮胎剧烈摩擦,发动机隆隆作响,车子慢慢地开上了干燥的路面。这时绳子自动解开,气球飞走了。

"成功了!"

托西亚和库奇打开天窗,菲利普跳到车内,他气喘吁吁。

"你还活着吗?"

"应该是吧。"

"你太了不起了。"

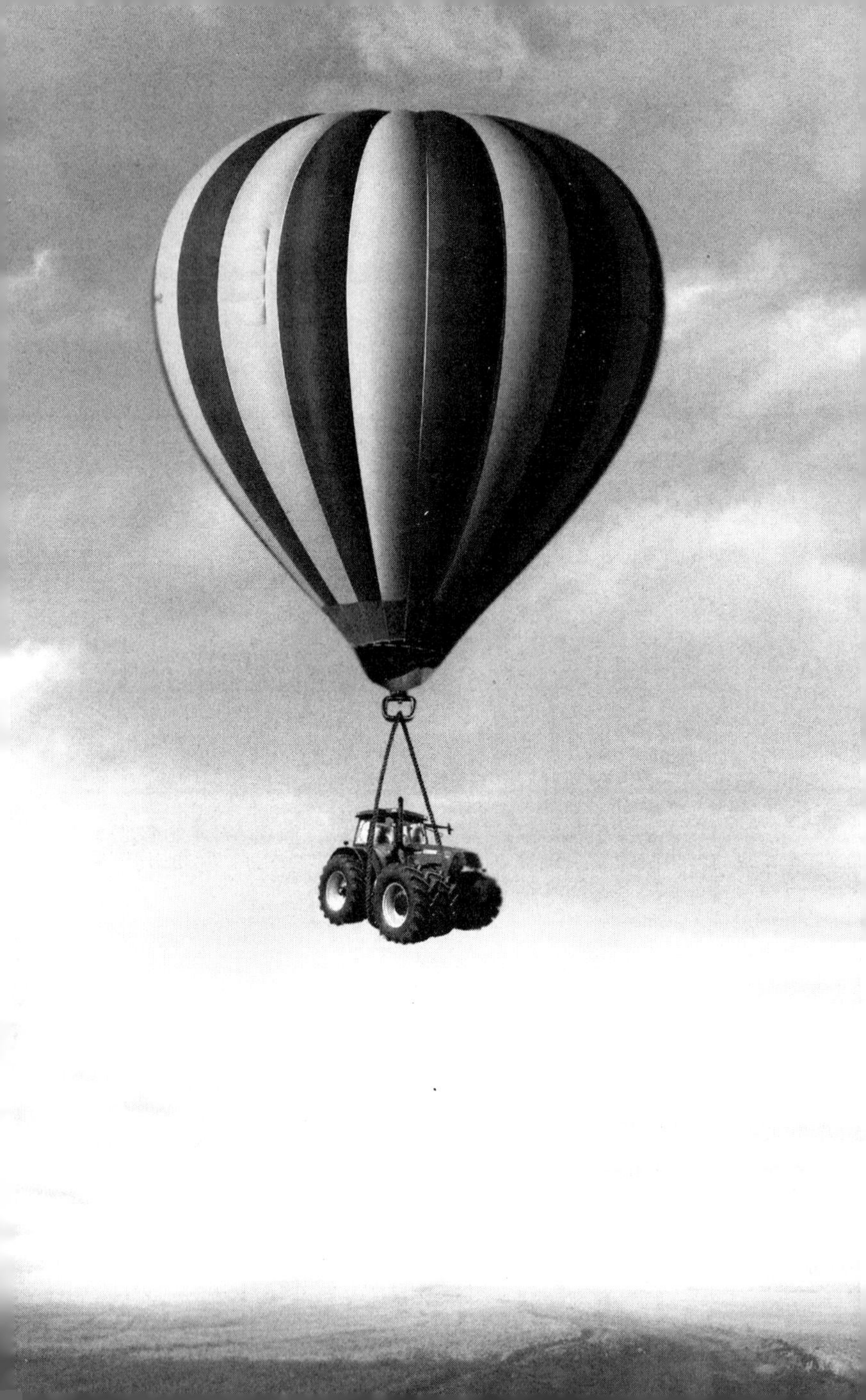

这时姨妈发出尖叫。她放开方向盘,在驾驶室跳来跳去,疯狂地甩动她的腿。拖拉机开始打转。

"姨妈!你在干吗?握紧方向盘!"

"离我远点。走开!"

托西亚看向姨妈的脚。脚上吸附着一个巨大的水蛭。托西亚喜欢动物,但这条吸饱血的怪兽看起来非常骇人。最终托西亚抓起这条滑溜溜的生物开始拉扯,姨妈则拼命地甩腿。

"啊!"

"你抓住它了!"

终于,托西亚扯开这条滑溜溜的吸血鬼,将它扔出窗外。

姨妈大哭,就像她真的只是一个七岁的小女孩一样,托西亚试图去安慰她。菲利普抓住方向盘,努力让拖拉机沿直线行驶。

他们驶上一条树木茂盛的小路。巨大的拖拉机费劲地在树林中前进,突然传来某个响声。

"出什么事了?"迷你姨妈问道。

"我们撞到树枝上了。"

"必须去检查一下。你停停。"

"别老指挥我们。"库奇喊道。因为生姨妈的气,他按下涡轮增压器的按钮,车子加快速度驶过森林。一个钟头之后,他们面前出现一座高山。拖拉机开始爬山。突然发动机呛住了,咳了好几次,然后车子停了下来。

"又出什么事了?"

迷你姨妈看着仪表盘。

"油用完了。"

"没什么大不了的,"菲利普说,"我变个加油站出来。"

他打开门,看向车顶,突然惊恐地喊起来。椅子不见了!

"它不见了!我们把椅子弄丢了!"

他们跑过森林,搜遍每一个角落,但哪儿也找不到红椅子。

"我们必须去找那个树枝。"菲利普上气不接下气地说。

"我跟你们说过,应该去检查一下!"姨妈喊道,"但你们从来都不听!因为你们,我可能这辈子都是一个小不点!"

"我们会找到它的!"托西亚说,"它应该在不远的地方。"

马科斯沿着拖拉机的踪迹在树木茂盛的路上奔跑,他已经想到这帮诡计多端的小鬼们肯定变出了一辆交通工具。虽然弹簧鞋让他可以跑得非常快,但他还是会感到疲劳的。

"一旦到了晚上,我就看不见踪迹了。要是赶不上他们……"他绝望地想着,望向天空,想看一看现在太阳在哪儿,这时他看见在大树枝间有个红色的东西。他跑近了一点。

在树枝上挂着的是红椅子。它摇晃着试图挣脱,但挣脱不了。它掉进陷阱里了——马科斯咧开嘴大笑。

"他们把你弄丢了,我的小……"

他小心地靠近。椅子绝望地来回摇摆,好像一个吊死鬼。

"你挣脱不开的,小吊死鬼。这回我不会让你跑了!"

他从大衣上解下腰带,把它系在挂着椅子的树枝上,打了个结,然后用力一拉,椅子掉到了地上。它立刻就站了起来,对马科斯又踢又打。但马科斯对此早有准备,将它拴到矮树枝上。现在椅子便像一只被链子拴住的狗一样被囚禁起来。它用力扯着拴住它的腰带,但还是无法挣脱。它放弃了挣扎,一动不动。

马科斯小心翼翼地走上前,快速坐到红椅子上。他感觉到一阵奇怪的颤动,好像椅子释放了某种未知的力量。

"现在我可以做任何事了,"他小声说道,"任何事,只要我愿意!"他懒散地靠在椅子上。"但我想要什么?钱吗?在这里我拿几麻袋的钱有什么用呢……我知道了!"他坐直了身子,"我想要钻石。最大的、最贵的钻石。它应该是很大的、没有一点瑕疵的,比世界上所有的钻石都大。给我这样的钻石!"

一秒钟不到,在山顶上有某个东西开始发亮,是个巨大的东西。马科斯站起来。一颗巨大的、漂亮的钻石开始朝他的方向滚来,发出夺目的光芒。

"老天……这么大!"

他朝昂贵的钻石奔去。钻石有一辆卡车那么大,非常的圆,它在阳光下闪着光,越来越快地滚向他,像雪崩一样从山上砸下来。

马科斯跳到一边,巨大的钻石和他擦肩而过,向下滚去。马科斯跟在它后面追。

"停下!停下!"

钻石的速度非常快,它滚到了被绑起来的椅子跟前,撞上拴住椅子的腰带。腰带破了,获得自由的椅子立刻升到空中,飞走了。钻石继续向前滚。

马科斯没有注意到椅子,他只顾着去追那颗贵重的宝石。

钻石滚到了泥泞的草地上,像台球一样撞到树干又弹起来,飞了几米远,然后掉进沼泽里。它慢慢地陷入沼泽,过了一会儿,就只能看见它从泥面下发出的光芒,最后它完全沉了下去。

马科斯跑到沼泽地边。他穿着弹簧鞋,像一只可怕的鹤,他想穿过泥泞的沼泽,但很快,他也开始下沉。他停了下来,意识到靠人力已经不能把钻石拉出来了。他坐在沼泽边,绝望地哭泣,好像是一个小孩子。红椅子从他头顶的高空飞过,消失在森林后面。

托西亚、库奇、菲利普和迷你姨妈在树木茂盛的路上狂奔,四处寻找椅子。他们跑到一条分岔的路前。一条路往南,一条往西,正对着炫目的夕阳。他们找不到拖拉机的车辙,不确定地相互看了看。

"我们走这条路。"托西亚说道,指向往南的路。

"不对!应该是那条路!"姨妈喊着,指向往西的路。

菲利普生气了。

"请姨妈不要自以为什么都知道!我们受够了。这一切都是你的错!你爱走哪儿走哪儿,离我们远点!我们走!"

他们沿着往南的路走。迷你姨妈生气地看着远去的孩子们,但没有跟在他们后面。她转过身,朝往西的路上走去。

灌木挡住了她的路,她停下来,脱下高跟鞋,光着脚丫走,这让她感觉舒服多了。她精力充沛地沿着弯弯曲曲的路向上走。拐过第一个弯,她就看见了它。

红椅子站在路的中央,仿佛是在等她。

"找到它了。是我找到它的!"迷你姨妈低声说道。

她朝它跑去,但椅子跳开了,飞了起来。它像蜻蜓一样飞过草坪,然后降落在绿色的小山坡上,一动不动,像在等着谁。迷你姨妈慢慢地走上前,小心翼翼地,生怕把它吓跑了。她最终还是坐到了椅子上,自我感觉像是一位真正的女王坐在了宝座上。

托西亚、菲利普和库奇从另一条路向山上跑。气喘吁吁的菲利普停了下来,对托西亚喊道:

"你确定这条路是对的?"

"是的。但椅子自己会走,不知道它会溜达到哪儿去!"

菲利普看着库奇和托西亚。

"听着,如果姨妈找到了那张椅子怎么办?"

"你不是上了个身份锁吗?她不可能变回大人的。"

"但她可以施展其他魔法,比如说把我们变成蟑螂或是狗粪!"

库奇害怕地看着他哥哥。

"或者她把自己变成吃小孩的怪兽,然后把我们都吞了,"他小声说道,"或者她变出一把激光枪把我们都击毙。"

"或者她变成恐龙!"

他们小心翼翼地四处张望,查看是否哪里藏着姨妈那张暴君似的脸。

"我们必须马上找到她,因为……"

"太迟了!"通过树木之间的空隙,托西亚用手指向清晰可见的山坡。

椅子站在山顶上,一个穿着黑色外套的小女孩坐在椅子上。吓坏了的孩子们跳进沟里,以免被姨妈看到。

她并没有往他们的方向上看,而是舒服地坐在椅子上休息,然后大声说:

"首先我希望……我想要一双舒适的鞋!"

立刻她脚上便穿着用软皮做的黑色凉鞋。小女孩抬起脚,嘀咕道:

"还不错。现在我想要一把遮阳伞。"

一把黄色的伞从草坪上长出来,像一个巨大的蘑菇。黄伞撑开,在小女孩和椅子上投下柔和的、黄色的影子。

"非常好。现在我要等那帮小兔崽子们了……等他们来了……"她邪恶地笑着,"我现在还没想好要怎么整他们,不过我肯定会想出某个可怕的东西。"

"小兔崽子们"现在正好就向她爬来,托西亚躲在灌木丛后。

"当心!"

在关键时刻,菲利普用树枝挡住自己。姨妈听到了沙沙声,警惕地四处张望。

"你们来这里吧,我都等不耐烦了!"她喊道,"或许我会发发慈悲,只给你们变出条猪尾巴。"

当她这么说的时候,显得她很傻,因为一位四十岁的银行经理不应该说这样的话。但她越来越陷入小女孩这个角色中,不能自拔,她继续喊道:

"一旦让我看到你们,我就让你们永远都是个小屁孩!或者我把你们变成吃牛粪的蛆!"

孩子们蜷缩在他们的藏身之地。

"小心。要保持绝对的安静!"菲利普小声地说,"现在很危险!"

在山上的小女孩紧紧抓住椅子的扶手,她感觉自己的敌人就要来了。

"他们肯定藏在某个地方,他们想从我这夺走椅子!"她一边自言自语,一边不安地看着四周,"我知道你们在哪里!"

她喊道,"别藏了!"

没有人回答她。托西亚、菲利普和库奇依旧慢慢地爬向她。他们利用每一个可以掩护的东西,但随着他们不断接近山顶,可以掩护的东西也越来越少。他们离山顶还有一半的路,已经没有什么东西可以用作掩护了。

菲利普停了下来。

"我们不能一起去,如果我们都变成了吃牛粪的蛆,那么我们一辈子都翻不了身了。我一个人去。如果真有什么,我来冒这个风险。"

"我不同意,你别去!"托西亚小声说着,抓住了哥哥的手。

"那我们怎么办?"

"我们等到晚上,她肯定会睡着的,小孩子很快就会睡着的。"

"但我很饿!"菲利普嘀咕道,但还是顺从地藏到了丁香丛中。

太阳慢慢地向西边落下。姨妈双脚分开,坐在椅子上打哈欠。说实话,尽管她可以变出任何东西,但她并不知道接着该做什么,她想睡觉了,但最折磨她的是孤独。

"很好!"她大声地叫喊,为了让孩子们都能听得见,"我要变出很多东西,只给我自己! 我想要冰淇淋、水果、带奶酪的吐司片、比萨和咖啡!"

砰!椅子旁边的草地上出现一个圆桌,上面还覆盖着草皮。长满草的圆桌开始旋转上升。过了一会儿,圆桌上的草皮变成了桌布和装满食物的盘子,上面有水果、蛋糕、奶酪,还有热气腾腾的披萨和装在杯子里的卡布奇诺咖啡。桌子没有脚,就浮在空中。迷你姨妈惊奇地看着,喊道:"你们看看,我都有什么!你们就只能饿肚子了!"

库奇将头从树枝后探出来,闻着从山上飘来的香气。

"她变出了奶油烤菜和比萨……"他羡慕地说道,"意大利腊肠比萨,好香啊!"

"快藏起来!"托西亚喊道,"小心她把你变成吊死鬼!"

"我饿了!"

"快藏起来!"托西亚用灌木把弟弟挡住。

姨妈吃了一小块比萨,接着喝了一口咖啡,但她并不喜欢卡布奇诺的味道。她没有意识到,自己已经越来越像一个小孩子了,而小孩子并不喜欢苦咖啡,小孩子也不喜欢自己一个人待着,特别是黄昏降临的时候。小女孩看着越来越暗的天色,突然觉得很难过:

"我不想整个晚上都是一个人……你们到这里来吧,我不会对你们做任何坏事的!"

但没有人回应她。于是她挺直身子坐在椅子上,喊道:

"我想看到他们在哪里!我想看到他们!就现在!我命令你!"

噗!椅子猛地飞上空中,它载着姨妈朝云的方向飞去,直到姨妈开始大吼大叫。

"啊!这可不是一个好想法……不要那么高!救命!"

椅子飞到几百米的高空,从那里可以看见整个周围,也包括躲在灌木后面的孩子们。但此时姨妈把他们忘了。她闭上眼睛,紧紧地抓住扶手,小声说道:

"我有恐高症。请让椅子降落到地面上!"

椅子立刻向下飞。可惜的是,它只顾自己下降,而姨妈还停留在空中!她睁开眼睛,看到自己像一朵小云一样浮在离地面一百米的空中。她开始惊慌失措地尖叫,觉得自己马上就要掉下去了。但她没有掉下去,而是像一个热气球一样向上升。

"救命!我想要回到地面上。我命令你!"

但这个命令并没有得到执行,因为红椅子已经离她很远了。它刚好落在山上。

孩子们跑向它。菲利普第一个跑到它那里,他立刻坐了上去。

飘浮在云中的姨妈绝望地喊道:

"救命!帮帮我!我不想待在这里!我有恐高症!我想

回到地面上!"

孩子们发出轻蔑的笑声。库奇喊道:"那为什么你要在那里飞呀,好姨妈?"

"你们快把我放下来! 我求你们了!"

"她最好还是待在上面,"菲利普说,"让她被麻雀们啄食了!"

"菲利普,别犯傻了! 让她下来,"托西亚喊道,"你听见了吗?"

"好吧。你下来吧!"

"啊!"

姨妈像被击中的飞机一样掉了下来。

"你都做了什么?"托西亚生气地大叫。

姨妈的外套像超人一样张开。她惊恐地尖叫着掉落下去,过了一会儿就消失在山后。幸运的是,那边刚好有一个湖,"砰"的一声巨响,湖面溅出一个水花,姨妈掉进了水里。

孩子们跑到湖岸边高高的堤上,看见姨妈在湖中央上下沉浮。

"她不会游泳!"

没有一个魔法可以救姨妈,因为过一会儿她就会沉到水里,然后就看不见了。菲利普以前曾获得过游泳锦标赛的冠军,他立刻脱掉运动衫,跳进湖里。托西亚和库奇担心地看

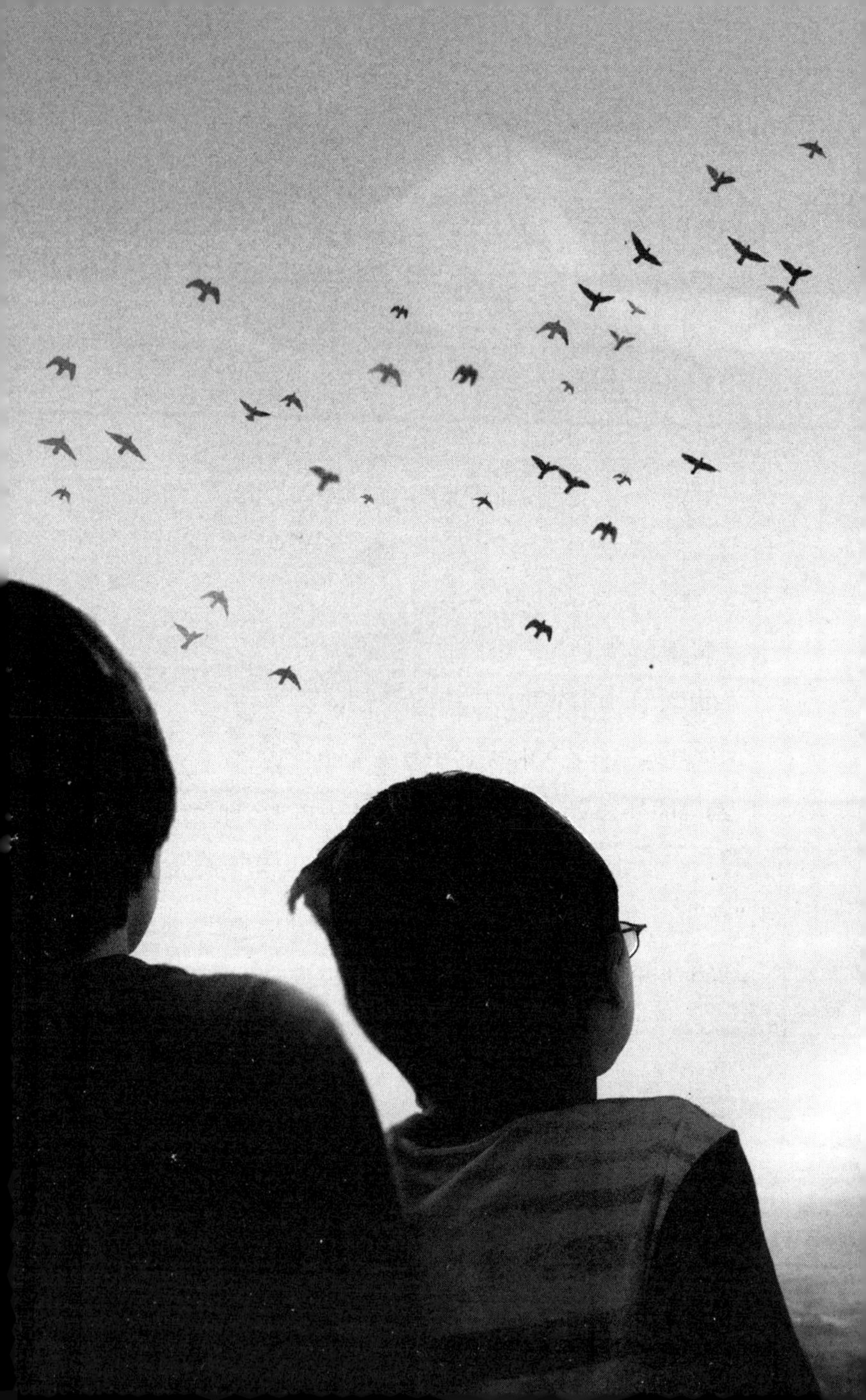

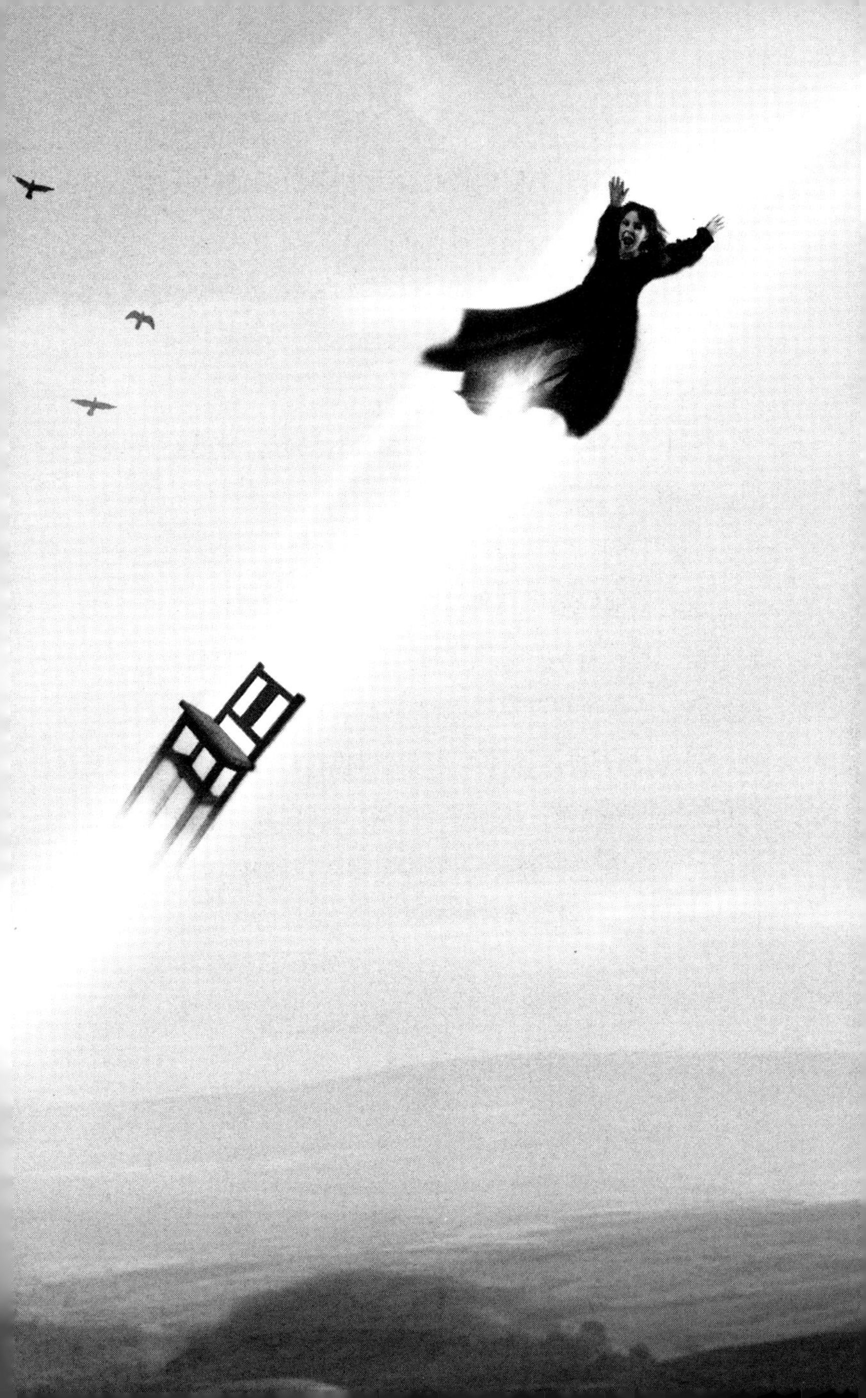

着,姨妈正在湖里绝望地挣扎。菲利普游向她,但还离得很远。

"你快变出一个救生圈。"库奇喊道。

托西亚坐在椅子上大喊:

"我想要一个救生圈!"

天上立刻掉下一个救生圈,但遗憾的是,它落在离姨妈很远的地方,于是托西亚继续喊道:

"我想要很多救生圈。非常多!"

这时从他们脑后飞来几百个橙色的救生圈,它们像一艘艘宇宙飞船一样旋转着朝湖的方向飞去。真的有非常多的救生圈。一千个!菲利普刚刚游到迷你姨妈身边,他抓住了她的肩膀,想要拖着被淹的小女孩向岸边游,但他做不到,自己也开始慢慢下沉。这时第一个救生圈来到了他身边,接着是第二个和第三个,随后这些救生圈在菲利普和姨妈旁组成了一个巨大的橙色的岛。

在湖岸边有一顶漂亮的白色帐篷,就像有时可以在非洲的电影中看到的那种。它非常大,有两个卧室,里面挂着吊床,吊床上挂着防蚊虫的蚊帐。迷你姨妈裹着睡袋躺在吊床上。托西亚倒了一茶匙的感冒糖浆递给姨妈,小女孩听话地喝了,皱了皱眉头。托西亚给她盖好睡袋,一言不发地走出帐篷。

孩子们在湖边建了一个营地,他们变出了帐篷、一些衣服和食物,还点了篝火烘干菲利普和姨妈的东西。

托西亚走到兄弟俩面前,他们正在用燃烧的树枝在空中画着炽热的符号,玩得不亦乐乎。

"她感冒了,我们必须待到明天早上。"

"但明天我们必须在哥本哈根了,"菲利普叫道,"我们会迟到的!"

"或许我们可以变出一辆法拉利,"库奇说道,"它每小时可以开三百公里。"

他们听到咳嗽声,裹着睡袋的姨妈从帐篷里走出来,胆怯地站在孩子们旁边。

"我可以和你们坐在一起吗?"她小心翼翼地询问。

两兄弟不说话。最后托西亚小声说道:"你坐吧。"

他们不情愿地看看姨妈,尽管——说实话——没有黑色外套和高跟鞋,她看起来就像是一个普通的七岁小姑娘,但为了以防万一,菲利普还是将椅子拉开,以免姨妈又要变什么魔法。

"你们别担心,"小女孩说道,"我再也不会偷走它了。我保证。"

"你感觉好点了吗……姨妈?"菲利普问道。

"嗯。谢谢你救了我,你游得很棒。"

菲利普耸了耸肩,什么也没说,但赞美还是让他感到很舒服。

"你知道吗,喊你'姨妈'显得好傻,"托西亚说道,"你小时候叫什么?"

"小时候他们叫我'薇珂'。"

"薇珂?为什么?姨妈你不是叫马莉拉吗?"

"我不喜欢那个名字,我中间的名字是维克多利亚,所以他们叫我'薇珂'。你们可以这么叫我吗?"

"好的,薇珂。"

他们在篝火上烤了几块土豆和几个奶油烤菜作为晚餐,有点烤焦了,但他们还是觉得很好吃。黄昏降临了,但他们却不想睡觉。他们坐在篝火旁边,相互挨着,托西亚变出一把新笛子开始吹奏,音乐在黑暗的湖面上空飘荡。

薇珂嫉妒地说:"你吹得真好。"

"才不是呢,妈妈吹得才好。"

"我知道。我总是嫉妒她,因为她会乐器,而我不会。"

托西亚惊讶地回想起这个小女孩竟然是妈妈的姐姐。

"如果你想的话,姨……薇珂,我可以施魔法,然后你就会吹了,"托西亚说道,"你想吗?"

姨妈站起来。

"是的,我想。"

托西亚坐在椅子上,小声地说了什么,接着她转过来面向姨妈:

"好了……你还要改什么吗?"

"我不知道……"

托西亚把长笛给她。

"你试试看。"

姨妈小心翼翼地接过乐器。当她一碰到长笛,顿时胸有成竹地觉得自己完全知道该如何吹。这是一种不可思议的感觉。她开始吹奏,一开始吹的旋律有一点不准,但接着就吹得真的很好了。

马科斯站在湖的另一边听到了音乐声,试图去寻找是哪里传来的。他跑向岸边,那里有一艘很旧的小船,船被生锈的链子拴在树上。马科斯使出浑身的力气猛拉,把链子扯开了。他跳上小船,朝音乐传来的方向划去。

这时候,薇珂停了下来。

"第一次就吹成这样已经很不错了,"托西亚表扬了她一下,"但你必须经常练习。"

库奇说道:"你们记得吗?在我们小的时候,每次睡觉前,妈妈就会吹这首曲子。"

"有意思,爸爸妈妈现在在干什么呢,"托西亚小声说道,"你们觉得他们会牵挂我们吗?"

"或许不会……"

他们沉默了一会儿,表情变得严肃起来。最后菲利普站起来,坚定地说道:

"我们去睡觉吧。明天我们必须早点出发。"

他们一言不发地走进帐篷。

马科斯已经快划到湖的另一边了,他一边沿着湖岸划,一边找孩子们。但月亮躲到云后面去了,在深蓝色天空的背景下,马科斯只能看到黑漆漆的森林。

菲利普、托西亚和库奇在吊床上睡着了,只有迷你薇珂睡不着。托西亚完全没有意识到自己施的这个魔法有多么不寻常。能够演奏某种乐器是薇珂一直以来的梦想,因此她很想拿上长笛,走到帐篷外去尝试新的曲子。她小心地从吊床上跳下来,从箱子里拿出乐器。她拉开门口防水的帘子,跑了出去。当她走出帐篷时,旗杆旁的金属环响了,库奇睁开眼睛,看着薇珂向篝火的方向走去。他想叫醒菲利普,但又想了一下,打算先看看迷你姨妈想干什么。他快速地跳下吊床,穿上运动衫,将头探出帐篷外。

红椅子被放在篝火旁边,薇珂经过它,向湖边走去。库奇悄悄地跟在她身后。小女孩四处张望,但库奇还是成功地将自己隐藏在杜松丛后面。她继续向前,在离营地有几百步的地方停了下来,坐在岸边的石头上。

库奇快速地跑过篝火,慢慢地朝薇珂的方向爬去。小女孩在月光下看起来像是一个来自森林的农牧神。她拿起长笛,开始吹奏。刚开始她小声地吹,有点胆怯,但接着,她吹得越来越自信,也越来越响了,音乐一直传到很远的湖面上。

马科斯依旧沿着湖岸寻找孩子们的营地。听到长笛的声音后,他打起精神,认真辨认。然后他开始迅速向音乐传来的地方划去。过了一会儿,他模糊地看见熊熊燃烧的篝火和帐篷。接着他看见了红椅子。

这时库奇正躲在灌木丛中听薇珂吹笛。他觉得自己有点多虑了,因为他已经明白对她的怀疑是不公正的。薇珂既不想偷椅子也不想施展任何不好的魔法,她只是想吹笛子。他想请薇珂原谅自己对她可笑的怀疑,不过他还是一直等到她吹完。突然,他听见水花溅起的声音。

马科斯靠岸了,他从小船上跳下来,尽量非常小声地行进,像一条蛇一样爬向红椅子。他手里拿着一张很旧的网,是他在小船上发现的。他担心这个狡猾的东西又会溜走,但这次椅子一动不动地站着。或许它也睡着了?离它只有一

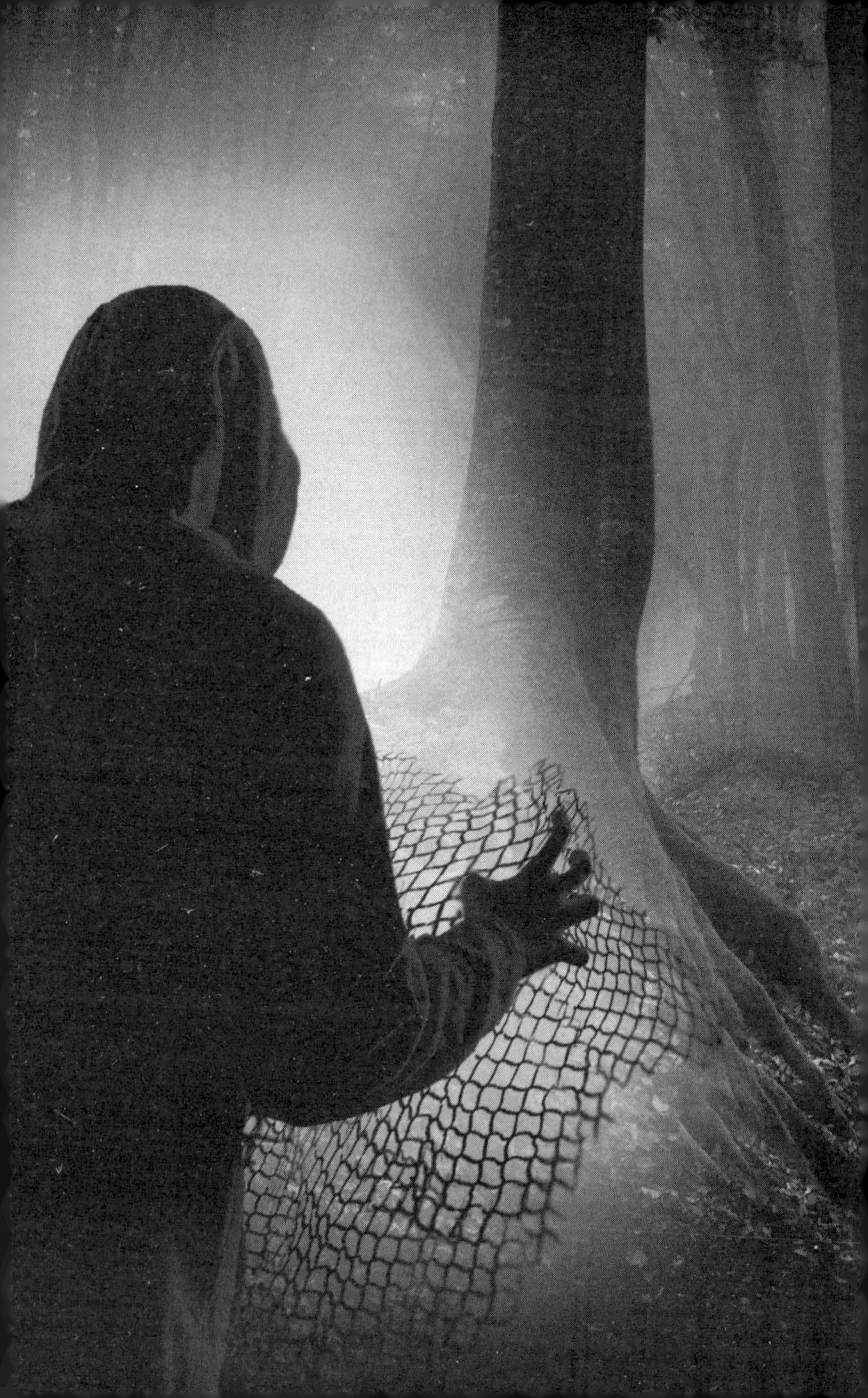

步之遥的时候,他聚集了浑身的力气奋力一跃,用网兜住椅子,椅子拼命想挣脱,但马科斯双脚叉开坐在它上面,用力将它固定在地面上,喊道:

"站着别动!"

椅子执行了指令,不动了。马科斯坐在一动不动的椅子上,大口喘气。接着他大声地笑了起来,现在他是它的主人了,永远都是!

托西亚和菲利普从帐篷里跑出来,他们惊恐地看到马科斯坐在红椅子上,觉得这就像一场昏沉沉的噩梦。马科斯大笑道:

"我现在想对你们做什么就做什么,我金子般的小宝贝们。或许你们就是金子做的?"

菲利普抓住托西亚的手,想躲开马科斯的视线,但他没有成功。

"我想要你们变成金子。"马科斯喊道。

月光瞬间就消失了。菲利普和托西亚叫喊着,但声音突然停住。他们一动不动地僵在那里,月亮重新出来时,他们的身体闪着金色的亮光。他们变成了两座金像,脸上还带着惶恐的神色!

马科斯高兴地跑到他们面前,用手敲敲菲利普的头。

"货真价实的金子……最好的一次尝试!你们真的好

美。但是我可能要再将你们改变一下,毕竟金锭子更容易走私,"他环顾四周,"其他人去哪里了? 他们不是有四个小鬼吗,难道在睡觉?"

马科斯猛地拉开帐篷的帘子,走了进去。但孩子们并不在里面,他立刻回到红椅子旁,坐在上面,警觉地四处张望。

"你们在哪里? 我等着你们!"

库奇和薇珂躲在相隔一条水道的芦苇后面,他们目睹了同伴被变成没有生命的金色雕塑的这一可怕变化。他们吓坏了,不知道该怎么办。库奇觉得,不管他们做什么,都会遭到这样的下场。马科斯会把他们变成一块块金子。他一想到可能发生的事情,就吓得不敢跑了。

"薇珂……你有什么办法吗?"

"有一个,我们必须分头行动。我试着把他引开,而你必须到椅子那去,变个魔法来解围。"

"那你要小心……"库奇小声道。

"我会的……"

薇珂在芦苇丛中向着森林的方向奔跑,马科斯听到水飞溅的声音,猛地跳了起来。库奇蜷缩着,因为马科斯朝他的方向前进了几步,但笛声让他停了下来——薇珂在不远处的森林里吹着笛子。马科斯转过身认真地听。

马科斯在考虑应该怎么办,他不想离椅子太远,但也不想带着它。说实话,他还是搞不明白这把椅子到底是怎么施法的,所以他宁愿它不动。他坐着想了一会儿,然后轻轻地自言自语说了些什么。

库奇探出身子,希望能更好地看清到底是怎么回事。在椅子周围的苔藓上开始出现尖锐的金属棍,上面长满了刺,金属棍形成一个围栏,将椅子和马科斯围住。马科斯站起来,推开围栏上狭窄的门,走了出去,随手将其关上。他转动钥匙,用一把牢固的锁锁住了门,并将钥匙带在身上。笛子声又从森林传来,但马科斯没有直接朝那个方向走,而是沿着湖岸跑。

"他想断了她的退路。"库奇惊恐地想着。但现在他不能去帮薇珂,于是朝椅子的方向前进。途中他看见变成金子的哥哥姐姐,不寒而栗。他知道拯救他们的时间已经不多了。

"到我这边来……"

椅子没有动。

"飞到我这里来。求你了!"

什么也没发生,红椅子甚至动都没动一下。马科斯命令过它,站着不能动。

库奇试着爬过围栏,但他不能用手抓紧满是刺的棍子。

只剩下一个办法了。他跪在围栏旁边,努力将手伸入棍子之间。但棍子之间并没有多少空间,他的手臂也被刺划破

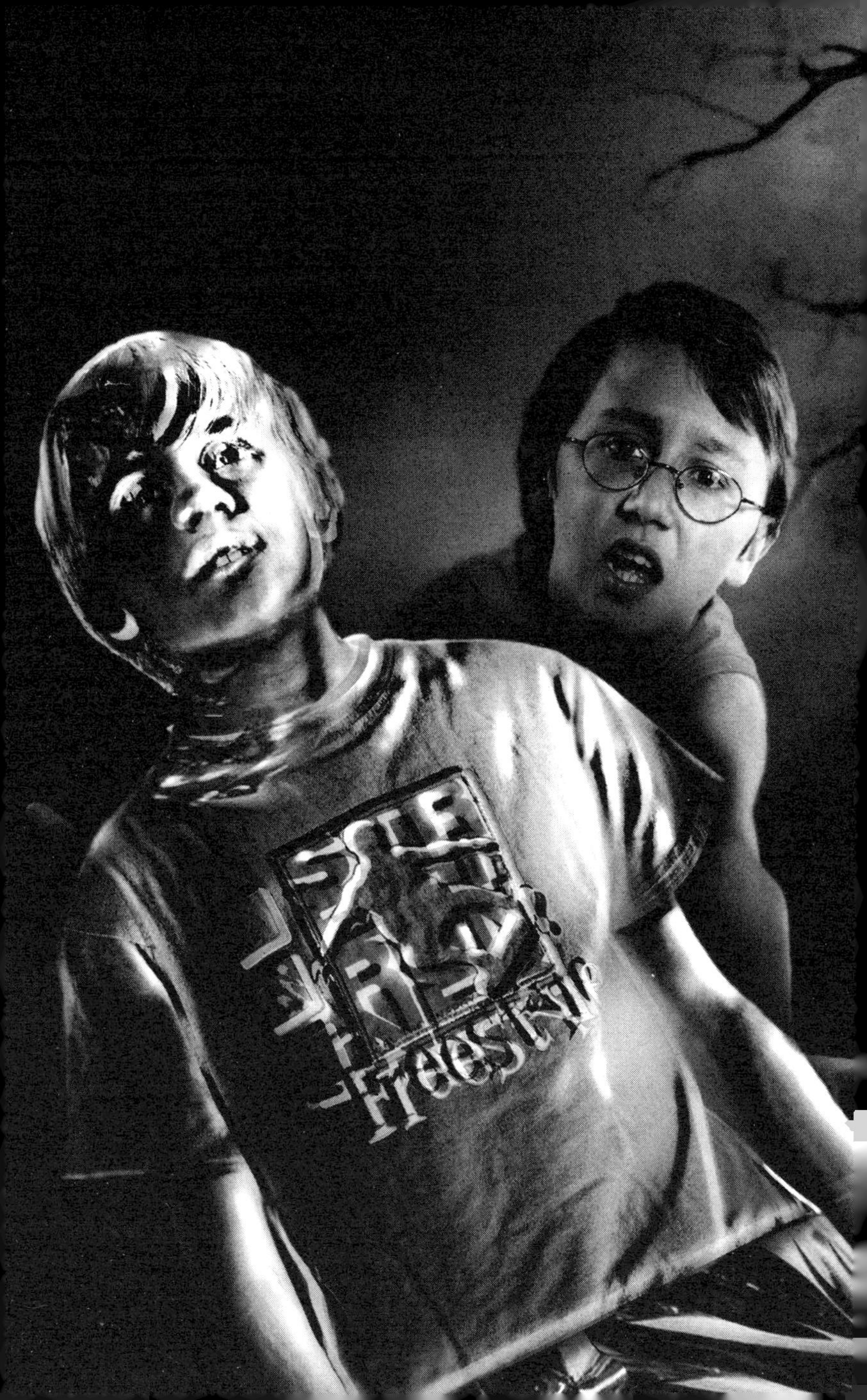

了。

此时马科斯正悄悄向传来笛声的灌木丛爬去,他觉得这可能是个圈套,但这帮小鬼又有什么可怕的呢?

他离声音越来越近,音乐从黑莓丛后传出来。那帮孩子肯定躲在那里,因为某些愚蠢的原因而吹着笛子。他小心地走完了最后几步,跳进多刺的树枝,但那里一个孩子也没有。在草地上放着一部手机,手机里传出录好的笛声。

库奇不能再将手往前伸了。尽管他已经很瘦了,但棍子间的距离太窄,而刺又伸得很远。肩膀上已经被刺破了好几处地方。这时他听见:

"让我来。"

他转过头,在他身后站着薇珂。

"你回来就好。我担心你被他逮住了。"

"你在说什么呢!他只抓住了我的手机,让开。"薇珂卷起袖子,将手从棍子间伸进去。她的手比库奇的更瘦也更长,她灵巧地避开了尖锐的棍子,碰到椅子。"我想,是不是这样就可以施法了?"

"我不知道……"

他们听到树枝的响声。马科斯穿过森林,向营地跑来。

"快!"

薇珂用手抓住椅子喊道:

"请让围栏消失!"

她感觉到椅子在她手上颤抖,钢铁做的棍子立刻缩回地面以下。

库奇在围栏还没有完全消失时纵身一跃,坐到椅子上。

马科斯的脚步声越来越近。

"变出一只狗来保护我们!"薇珂大喊。

"狗?最好是某个更大的动物!"库奇说。他轻声地说了些言语,过了一秒钟,传来一声可怕的咆哮。

"你变了个什么?"薇珂喊道。

"嗯,一个更大的动物……"

马科斯被吓得僵住,从森林走出一只巨大的狮子,朝他的方向走来。它非常大,比非洲丛林中的任何一个捕食者都大。马科斯吓得既不敢动,也不敢发出声音。狮子发出吼叫。它吼得那么响,以至于树叶都被震落了。马科斯赶紧逃跑,他在多刺的黑莓丛中奔跑,感觉野兽的呼吸触手可及。

"救命!快来人把它带走……"

作为回应,狮子吼叫得更加响亮。它的爪子抓住了马科斯的外套,并把它撕破了。马科斯继续跑,绝望地挥舞着手臂。他不看也不想,感觉毫无希望。他像疯子一样奔跑,完全不去注意路上的障碍物,就这样穿过了多刺的灌木和沟渠。马科斯摔倒了,站起来继续逃跑。他甚至没有意识到已

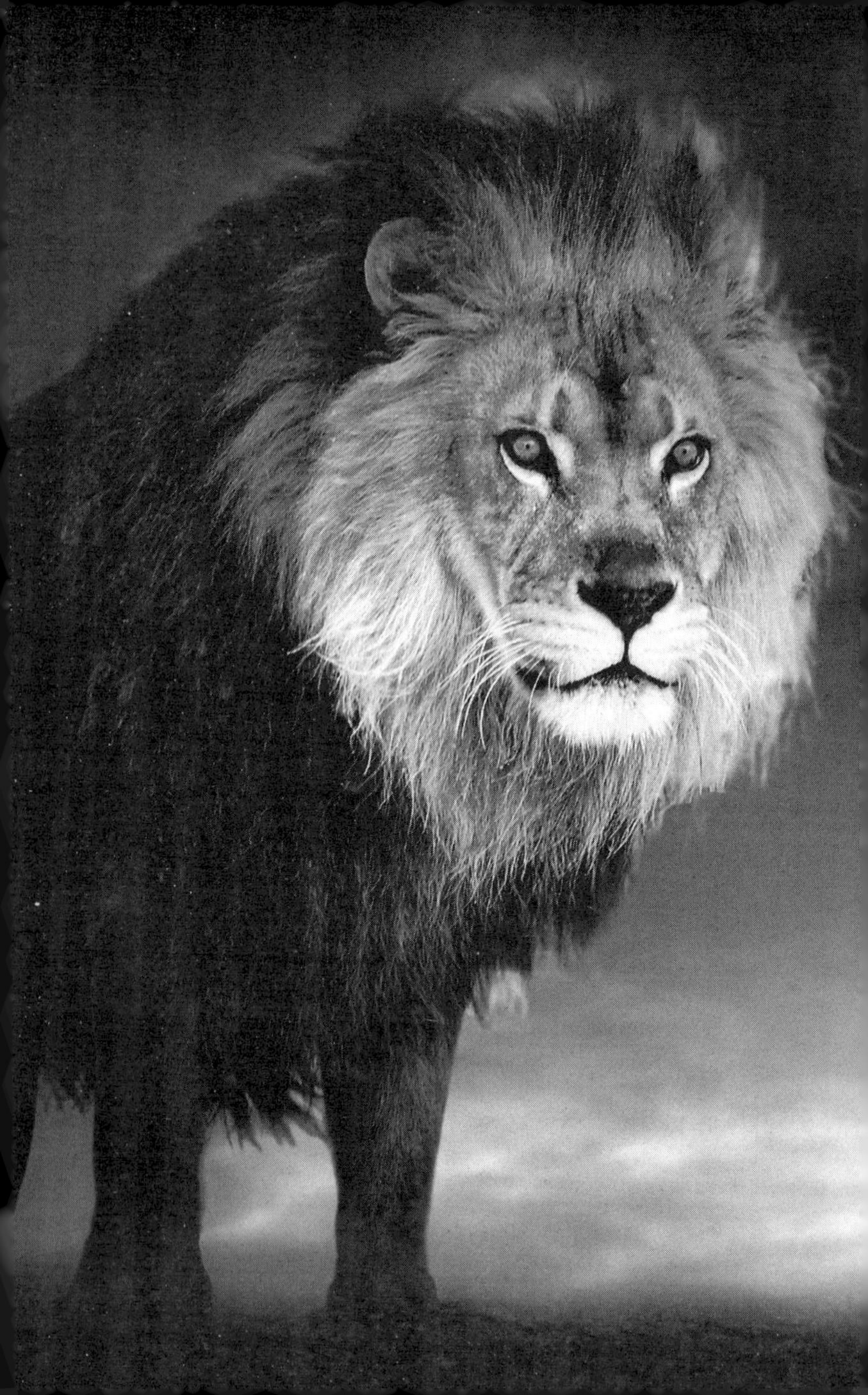

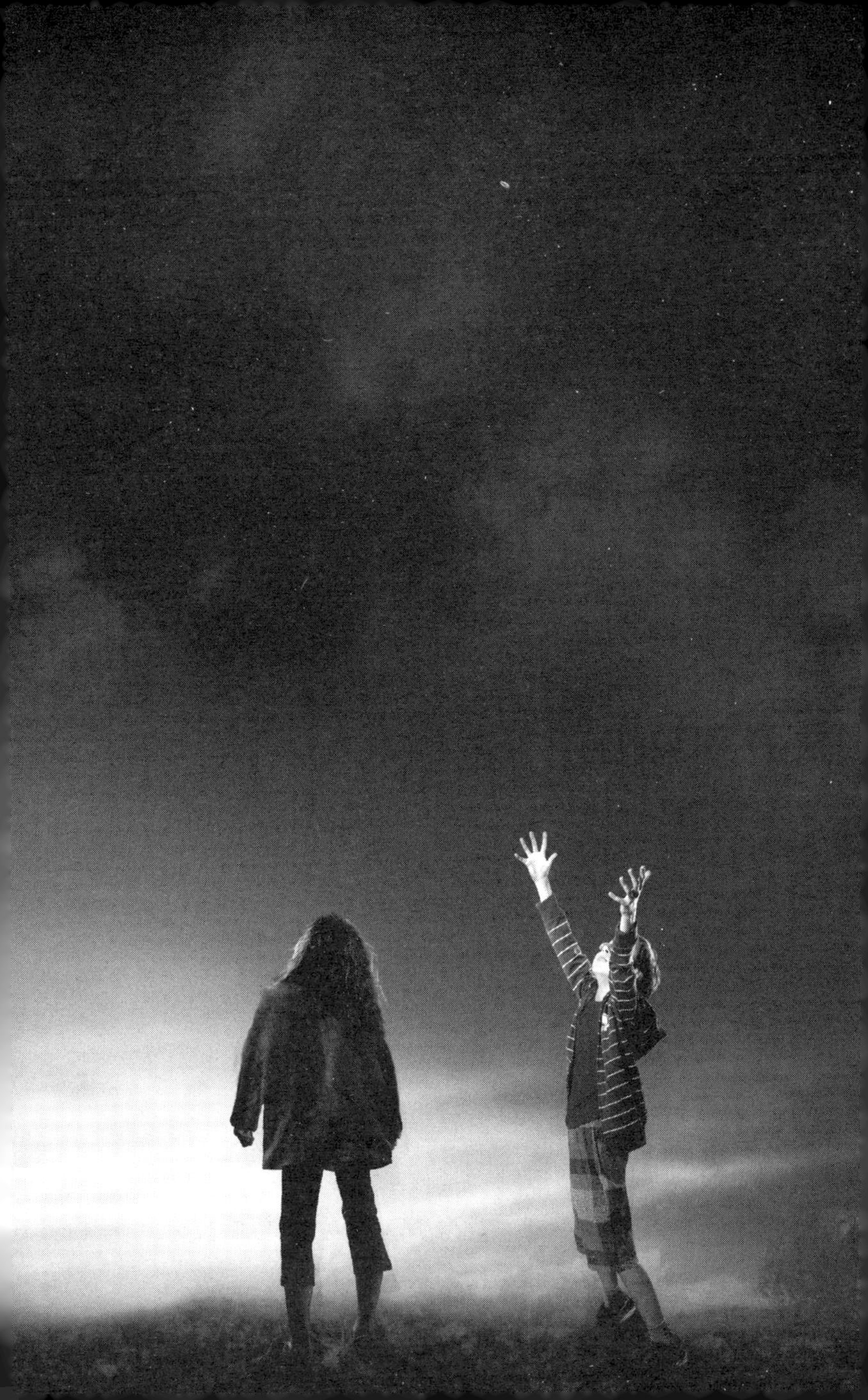

经好久没有再听到狮子的咆哮了。

"它真的不会将他吃了?"薇珂不安地问道,边问边盯着黑暗处看。

"不会。我变了一个不会吃人的狮子,"库奇说着,接着他朝黑暗处大喊,"回来!到我脚边来!"

回应他的是一声简短的咆哮。狮子从黑暗中走了出来,向孩子们靠近,而孩子们被吓得后退了几步。

"趴下!"

狮子听话地坐在草地上。

"小乖猫,"库奇赞扬,他走上前,挠了挠野兽的脖子,"照顾我们到天亮。"

狮子发出轻轻的呜呜声,好像听话的猫咪发出的叫声,接着它打了个哈欠,张开嘴,露出硕大的牙齿,舒服地躺在帐篷旁边。

他们感到很安全,接下来库奇走到两个金人前,这两个金人不久前还是他的哥哥姐姐。他坐到椅子上。

"你必须很小心!"薇珂小声说。

"我知道……"

库奇想了一会儿该怎么说。最后他直接说道:

"我希望你们跟一个小时之前一样。"

这一次,魔法实现的动静很小,也很平静,没有霹雳也没有闪光。

两座金像只是先晃动了一下指尖,然后是手掌和脚,最后他们跳起一种奇怪的舞蹈,好像想抖掉身上沉重的金盔甲似的。每动一下,金色就少一点,接着出现真正的手臂、脚和脸。过了一会儿,只剩下一点金粉在头发上了,但很快这也消失了。真正的托西亚和菲利普又重新站在库奇的面前。库奇松了一口气。

菲利普走到他面前,说道:

"谢啦,库奇。你太棒了。"

这是有史以来第一次,菲利普表扬他弟弟,库奇感到非常的自豪,但他只是耸了耸肩,假装无所谓地说:

"不是什么大事,这很简单。怎么样?或许我们可以去睡觉了?"

## ❼

到了早上,他们命令狮子消失。狮子慢慢地消失在清晨的雾里,它略带责备地看了他们一眼。他们为这只大猫感到遗憾,但毕竟他们不能跟狮子一起同行。接着他们开了一个会,讨论接下来要怎么办。他们只剩下八个小时赶往哥本哈根港口了。下午四点的时候维克多利亚女王号就会向大海另一方的加勒比驶去。他们不知道如果迟到了该怎么办,所以必须及时赶到。可问题在于,薇珂病得非常厉害。她发烧了,而且咳嗽得越来越厉害。他们试图用魔法的方式来治愈她,但丝毫不管用。病毒藏在某个深处,所以魔法管不到它。薇珂打着哆嗦,因为感冒而颤抖,尽管她已经盖了一叠毛毯了。

"怎么办?"

"或许我们不带她走?"菲利普犹豫地问。

"你疯了吗?"托西亚叫道,"你想让她一个人留在这里?她只有七岁!"

"我们给她变一栋房子,变一群狮子来保护她。"

"万一得肺炎怎么办?那可是会死人的!"

"或者我们可以变出一名医生?"库奇想了一个办法。

他们想了一会儿。

"不错。假设我们变出了一名医生,"托西亚说,"但接着我们该怎么办?"

"我们命令他消失。"库奇说道。

"嗯,这就相当于杀了他,"托西亚说,"你难道想成为一名杀人犯?我们不能那么做。"

"但薇珂病了,我们必须想办法让她好起来。"

他们看着小女孩,她蜷缩在毛毯下,脸色非常苍白,时不时疲倦地干咳一声。他们不能将她留下,这是毫无疑问的。

托西亚站起来。

"我们必须到一家医院去,那里会有医生。医生会对她进行检查,然后给她吃药或者打针。"

"我不要打针。"薇珂呻吟道。

这个魔法是托西亚实施的。她既没有要求一辆超级棒的交通工具也没有要求一辆法拉利。她只是请求"随便来个什么",只要能帮他们走出荒野就行。最后她补充道:

"我只是希望'这个什么'能是蓝色的。"

蓝色是她最喜欢的颜色。

他们对即将出现的东西感到很好奇,期待椅子会给他们变出什么花样。这让他们回想起以前打开生日礼物的时候,一般要么是神奇的惊喜,要么是巨大的失落,甚至连生病的迷你姨妈也将头从枕头上抬起来。

过了一会儿,他们听见哗哗的水声。湖面移动,四匹马从湖面上出现。它们是蓝色的!就好像菲利普的牛仔裤或者是托西亚的眼睛。蓝色的马跑上岸,抖掉身上的水,向孩子们飞奔而来,其中两匹是大马,另外两匹是长脖子粗腿的小矮种马,它们的缰绳和马鞍分别是黑色和金色的。

"哇!它们太棒了!"托西亚大叫。

菲利普立刻试着坐到最大的马上。这一点也不容易,但他最终还是坐到了马鞍上。马不安地抬起头,向后踢了几脚,好像要以最快的速度上路。托西亚将姨妈裹在睡袋里,帮她坐到小马上,接着托西亚拍了拍自己那匹蓝马的脖子,跨上马鞍。只有库奇站着不动。

"爬上去!上路!"菲利普喊道。

这时库奇说:

"我希望事情变得简单点。我受不了骑马,我永远不会骑上去的。"

"你害怕什么?"菲利普叫道,"这不过是一匹小马!它不会对你做什么的。"

"它只是会把我摔下去,然后踩在我上面或是咬我。"

"别胡思乱想了。"

"或者它会胆怯,发疯似的狂奔,接着尖锐的树枝刺满我的全身或是把我扔到深沟里去,或者……"

"库奇!这是一匹很小的,很小的小马。"

"我明白。只是它的牙齿像鲨鱼,它的蹄子像风钻。如果它踩到我,那么我的脚就会被压成烤薄饼。"

"你这么说是因为你害怕。"

"没错,我害怕。那又怎么样?每个人都有自己害怕的东西。我就是害怕马那又怎样。我不会骑马的。"

"薇珂生病了!你难道不明白吗,我们必须带她去看医生!坐上来。"

"不要。"

迷你姨妈咳了一下,听起来像是在谴责他。

库奇站着不动。

薇珂又咳了一下。

库奇看了看她,然后生气地大喊:

"好吧,我骑!如果我死了,我就变成鬼,一辈子吓唬你们。"

他朝小马的方向走去,痛苦得跟要去拔牙似的。

"别从后面走,"托西亚叫道,"不然它真的会踢你的。"

"我偏就这么做。"

小马转过头,一双温柔的大眼睛看着小男孩,接着它前脚跪下,好像是欢迎他坐上去。

"谢了,"库奇沮丧地说,"我明白,你过一会儿就会把我摔下来的。"

他爬上马鞍,小马站了起来。

"出发。"菲利普喊道。

他拍了拍蓝马的脖子,它突然跑了起来。菲利普差点就摔下去了。说实话,他不会骑马。但他牢牢地坐在马鞍上,向森林飞奔而去。托西亚跟在他后面,她骑得就灵活多了,因为她以前上过马术课。载着薇珂的小马也嘶叫着,紧紧跟在他们后面奔跑。只有库奇的小马站在原地,一动不动。

"我感到要有麻烦了,"库奇小声嘟哝,然后喊道:"吁!驾!走呀,你这个讨厌鬼。快走,懒惰的骡子!"

小马抬起头,看了小男孩一眼,好像是在责备他。

"对不起,我不想这么说的。走吧,可爱的小马!求你了!"

小马终于开始走了,先是慢慢地走,然后越来越快。

"哎!别太过分了!别跑这么快!我可不是西部牛仔!慢一点,不然你会流汗的!停下!"

小马在森林飞奔,直到赶上其他的马,然后蓝色的马群一块儿前进。

骑马可不是一件容易的事,颠来颠去的马鞍让孩子们感

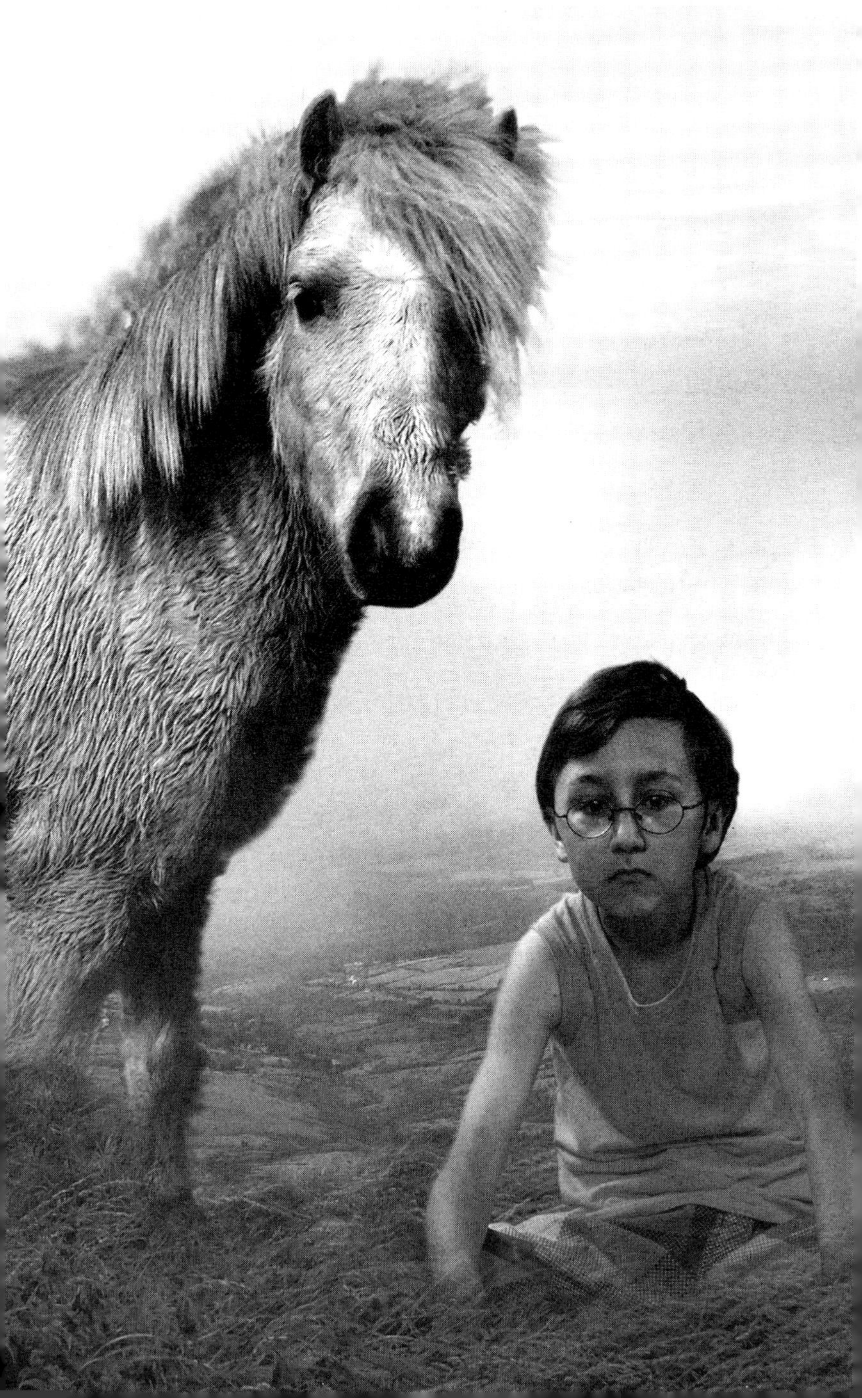

到疼痛，大腿也被擦伤了。只有托西亚把握得最好，因为她能够控制节奏，也就是随着马儿的节奏升起或是下降。库奇先是用全身的力气抓住小马的脖子，每一次跳跃都大喊大叫，过了会儿他好像忘记了害怕。他坐直身子，感到很自豪，好像骑马带给他不少乐趣。但薇珂的情况看着不容乐观，她一言不发地骑着马，靠小马的脖子支撑着全身的重量。

蓝色的马自己就能知道前进的方向。当菲利普试图让马向南走时，它们并没有调转方向而是坚持向西走。在森林中奔跑了一个小时后，他们终于来到公路上。过了一会儿，他们看见一个小镇，镇上有五颜六色的房子。在小镇的城边，伫立着一幢用红砖建成的大建筑物。

"我们必须把马留下。"菲利普说道。

"为什么？"

"因为它们是蓝色的，这种颜色的马根本不存在，马上就会引起轰动的。"

"我不希望它们消失。"库奇说。

"你喜欢上了你的怪兽？"

"还不错，挺好的一匹小马，骑着的感觉也不错……我不想杀了它。"

"或许我们可以放它们走，"托西亚说，"这里地方很大，有很多草地，没有人会干扰它们的。如果有人发现它们，只会觉得发现了一个新的品种。"

他们下了马,将它们放走,接着马儿们便向森林奔去。库奇的小马走得最晚,它难过地看着小男孩走远。

托西亚和库奇扶着生病的姨妈,菲利普拿着椅子。椅子可以自己走,但菲利普不愿意松手,因为会自己走路的椅子肯定要比蓝色的马还能引人注意。他们来到小镇,四处寻找,看看有没有人能告诉他们哪里有医生。突然菲利普高喊:

"你们看,这就是医院!"

在他们面前的红砖建筑物上挂着一个牌子,上面写着"儿童医院"。很显然,那群蓝色的马知道该往哪里跑。

"你们要记住,"薇珂用沙哑的声音说道,"我不要打针……"

"那椅子呢?"托西亚问,"肯定有人会问,为什么要带着它……"

"让薇珂坐在上面。我们就说拖不动她,因为她病得太重了。只是你必须注意你讲的话,姨妈。"

一位友善的医生接待了他们,她编着小辫,就像一个小姑娘。她立刻对薇珂做了检查。

"呼吸!深呼吸,再来一次。好了,把衣服穿好。"

医生放下听诊器。

"这是很严重的扁桃体炎,我会给她抗生素和一些治喉咙痛的药。过几天就会没事的。"她笑着说道。

"你几岁了?"

"到十二月就满四十岁了。"

"什么?"

"她七岁了!"托西亚喊道。

"她是你们的妹妹?"

"没错。"

"你们父母怎么没有跟你们一起来?"

"他们……他们外出了。"

医生怀疑地看着孩子们。菲利普站了起来:"请您把药给我们,我们就要走了。"

"她现在哪儿也不能去,"医生说道,"我会将她留在医院里。你们打电话给你们父母,让他们来接她。"

医生抓住薇珂的手,姨妈向孩子们投来无助的目光,他们走出了诊室。

"我们该怎么办?"库奇小声询问。

"有两个办法,"托西亚说道,"要么我们把薇珂留下,要么等我们拿到药再带上她一起走。"

"如果我们带上她,她的病情可能会加重。"

"如果我们把她留在这里,她可能会说出来。"

"说什么?"

"把一切都说了。她会告诉他们关于椅子的事,还有她是被变小了的姨妈。"

"薇珂什么都不会说的。"库奇大叫。

"你怎么知道?"托西亚喊道,"毕竟她那么小,而且还发高烧了。"

"就算说了又怎么样?"菲利普问。

"为了拿到椅子,他们就会开始追我们。你们难道不明白这把椅子是很危险的吗?没有人会允许我们拥有这样的东西。他们会想把它锁到保险柜里,以免有麻烦。电视上会讨论这把椅子,然后所有人都想得到它。警察、强盗、恐怖分子都会来追我们,所有人都会来追。"

"我们能不能再将她的语言变了?"

"不能,"库奇反对,"薇珂病了。我不想她再遭罪。"

他们还没有想到什么办法,医生就回来了。

"她服了药,已经睡了。你们给父母打电话了吗?"

"他们没有接。"菲利普撒谎。

"你们父母把你们留下,也没有人看护,这有点奇怪。今天还发生了一件奇怪的事,早上有一个男人跑过来说有一头狮子在追他!"

孩子们站了起来。

"狮子?!"

"是的。他跑了一整夜。我觉得他处于极度幻想中。我们这里没有狮子,但他完全听不进劝。我不得不给他服用了大剂量的安定药。"

"他在这里?"

"是的。在睡觉。"

孩子们相互惊恐地看了看。幸运的是,有一个病人在喊医生,所以她走了出去。菲利普站了起来。

"现在一切都清楚了。我们带上薇珂,然后从这里离开,快点。"

他们在走廊上狂奔。

"她可能在哪儿?"

"或许在那里。"

他们在长廊上跑,一间一间地检查房间。最终他们找到了薇珂躺着的房间。幸运的是,她是一个人住,但她睡着了。

"你疯了吗?"

"不是。我有个非常棒的想法。"

托西亚开始把床朝门口拉。幸运的是床有轮子,所以拉起来很轻松。库奇看着走廊,外面没有人。

"快点!"

他们像闪电般在空荡荡的走廊上跑,推着床跑向出口。

突然长廊尽头的一扇门打开了,他们看见马科斯。他意识模糊地看着他们,好像他们是鬼。他们跑向出口,这时医生从诊室出来,撞见了他们。

"你们在做什么?"她喊道,"把床留下!"

医生跟在他们后面跑,马科斯超越了她,他踩着巨大的弹簧鞋向前追。孩子们在最后一刻逃到了花园。菲利普嘭地关上门。他们运气不错,因为门上插着钥匙。菲利普迅速扭了一下钥匙。过了一会儿,身后传来马科斯和医生转门把手的声音和喊声:"开门!"

"你想干什么?"上气不接下气的库奇问托西亚。

"我们坐着这张床走,我们把它变成赛车。薇珂可以安心养病,而我们也可以及时赶到那里。"

"这太愚蠢了!"菲利普反对,"我们最好将它变成救护车。"

"我们不能驾车,我们肯定会被抓的,你难道不知道吗?"

"谁会抓我们?"

"警察,没有人会同意让孩子独自开救护车的。"

"那难道我们坐着这张弱智的床走就没事了?他们肯定会把我们当成神经病抓起来的。"

"才不会呢。曾经有个愚蠢的交通工具比赛,人们坐在浴缸里前进,也没有任何人被抓。"

这时"嘭"的一声门开了,马科斯站在他们面前。

"坐上来,"托西亚喊道,"快点!"

他们跳上床。托西亚将椅子放到中间,迅速地坐上去。她喊道:

"方向:哥本哈根港口。出发!"

砰!床像火箭一样射了出去,速度非常快,以至于孩子们必须藏到被子里,以免风把他们刮到路上。他们没有测速仪,但肯定违反了所有的交通法规。

正在路上骑摩托车的年轻男孩刹住车,惊讶地看着那张病床,床闪电般地掠过了他。但过了一会儿,他看见了更为惊奇的事。一名秃头的男子在大街上狂奔,肩上披着破了的外套,一边跑一边喊着一些听不懂的话。当马科斯跑到看呆了的摩托车手面前,突然停住了脚步,接着他一拳将男孩打翻。在男孩还没有来得及站起来时,马科斯已经坐在摩托车的座椅上了,大功率的发动机咆哮着,摩托车上路了。

病床以越来越快的速度前进。孩子们躺在被子下面,相互拥抱着,用尽全身的力气抓住扶手。床不能被指挥方向,但它自己知道该往哪走。它就像有一台自动驾驶仪,而且非常精确。

当他们来到高速公路上时,太阳被雾遮住了,路面也变得朦朦胧胧的。汽车都打开了雾灯,按着喇叭互相警告,慢

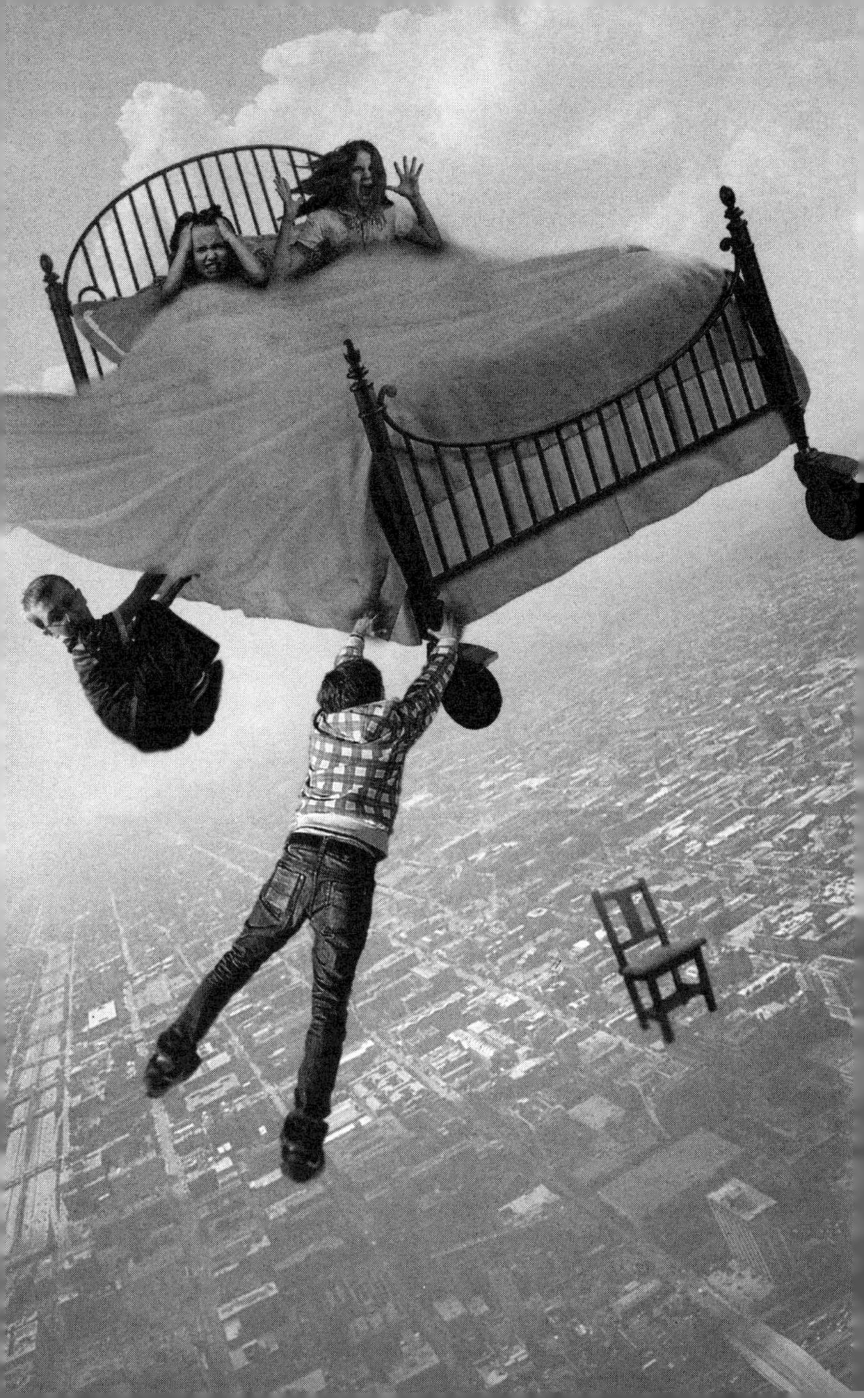

慢地在一片白茫茫的雾中前进。只有孩子们神奇的座驾在迅速行驶,它像幽灵一样轻轻地滑行,通过内部的雷达避开一切障碍物。还有一辆黑色的摩托车也开得很快,在一片雾蒙蒙中,他像亡命之徒一样在路上飞驰。

不过病床还是行驶得更快一些。其他司机觉得自己产生幻觉了,床刚出现在他们面前,立刻就消失在雾气中。

他们这样开了有三个小时。路上的颠簸和被子里的黑暗让这些小乘客们都睡着了。薇珂和库奇最先睡着,接着菲利普和托西亚也睡着了。

他们甚至没有注意到他们已经在一千公里以外了。他们被突然的安静和静止惊醒——床停了下来。最先从被子里探出脑袋的是睡得迷迷糊糊的托西亚。她眨巴着眼睛,半睡半醒地四处张望。

雾气消退了,太阳又重新出现。他们面前是一片大海,两旁沿着海岸线是布满鲜花和商铺的林荫大道。头发乱糟糟的菲利普和库奇从被子下探出脑袋,接着是小薇珂的脑袋。

"我们在哪里?这就是哥本哈根了吗?"

"你们等一下。"托西亚从床上下来,跑向坐在长椅上的女孩。

"你会说英语吗?"托西亚不太确定地问道。

女孩笑了。

"是的,我会说……我能帮你什么忙吗?"

托西亚集中精神。

"这是哥本哈根吗?"

"哥本哈根?是的。这当然是真正的哥本哈根!"女孩笑着指着海上坐在石头上的小美人鱼雕像。托西亚冲向孩子们,高喊:

"成功了!我们到哥本哈根了!"

孩子们沿着靠近码头的石子路四处晃荡,人们正在巨轮旁边卸集装箱,但哪儿也找不到维多利亚女王号。

"或许它已经开走了?"

"喂。你们在找什么,小家伙们?"

他们转过身,在一个拖船的窗户旁站着一名穿着海军服的水手,他正冲着他们微笑。

"你们走丢了?"

"您会说波兰语?"

"嗯,会一点儿……我的妻子是波兰人。你们在找什么呢?"

"一艘巨大的游轮,名字叫维多利亚女王号。"

"它还没到。因为海上有雾,所以它迟到了。它本应四点到,停留两个小时。"

"谢啦!"

"你们等一下,"水手喊住他们,"游轮会停在安吉丽娜口岸。在那边,就在灯塔那边。你们看见了吗?"

"看到了,谢谢。"

还有四个小时父母才会过来。他们变出一些钱,然后走到一个小吧台那里。托西亚和薇珂点了烤鱼和薯条,库奇对鱼过敏,所以他点了烤薄饼,而菲利普点了熏章鱼。熏章鱼看起来非常糟糕,但菲利普觉得味道很不错。孩子们坐下来,时不时地看看表。他们很紧张,他们知道父母已经离他们不远了,而且每过一会儿都会更近一点儿。他们很想父母,也很想见到父母,但另一方面,他们很清楚地知道,这不是他们"真正的"父母。他们还记得父母是如何抛弃他们的,甚至都懒得跟他们告别。他们知道必须首先解除父母身上可怕的魔咒,这样他们就不再感到愤怒和受忽视,但他们不确信这是否能够成功。父母是否能够回到原来的样子? 是否还会像以前那样爱他们? 到底能不能强迫别人去爱,哪怕是通过魔法? 他们感到越来越不安。

"如果不成功怎么办?"库奇小声问,"或许他们再也不想跟我们住在一起了。他们总是要去某个地方,永远也不想回到我们身边了。"

"别说这些乱七八糟的东西。"菲利普喊道。

"但是……"

"闭嘴,你听见了吗?"

"你们听着,我们不能就这样坐着吵架,"托西亚说,"我们还有四个小时。我们到别的地方去转转。"

"去哪儿?"

"我也不知道……"

"在丹麦有一个乐高乐园,我们可以去那里。"库奇说。

"乐高乐园很远,需要坐火车。"

"你怎么知道的?"

菲利普指了指桌子上的广告。

"或许我们可以去扎拉赫古尔城堡。"

"那是什么地方?"

"游乐场,就像迪斯尼乐园。"

他将传单的另一面转过来,上面可以看到有摩天轮的公园和排队的人群。

"那我们走吧?"

"要是万一我们来不及赶回港口呢?"库奇不放心。

"这很近,况且我们还有很多时间。"

扎拉赫古尔城堡非常大。当他们穿过五颜六色的大门,便发现自己跻身于一大群孩子和成人中间。摩天轮在他们旁边在转动,过山车在飞驰,电动汽车在弯曲的轨道上相互竞争,四处都是笑声和尖叫声。他们买了通票,这种票可以在游乐园里待一整天,还可以玩任何一种娱乐项目。他们先走到欢乐角,那边有世界上最大的摩天轮,名字叫"宇宙赛跑人"。一个个带着座椅的缆车被高高的杆子拉着,像是一座摩天大楼,接着它开始以极快的速度旋转起来。有时头朝下倒立,或者迅速掉下去。看起来非常不可思议。

"这太棒了,我们走!"菲利普叫道。

"我们不能所有人都走。"托西亚拦住大家。

"为什么?"

"必须有人来看着椅子。"

"那我们先去,接着是库奇和姨妈。"菲利普决定。

"为什么你们先去?"库奇有点生气。

"因为我们年纪大。"

"我才是年纪最大的。"姨妈抗议。

"但你是最小的。来吧,托西亚。"

"你们看好椅子!"

库奇和薇珂满怀怒火看着菲利普和托西亚坐上座椅,然后升到摩天轮的顶端。过了一会儿,摩天轮开始转动。或许世上再也没有比这个转动得更快的摩天轮了。座椅也随着轴转动,乘客们要么脚朝天地挂着,要么下落后再升起来。所有人都在尖叫。

"他们要坐半个小时呢,而我们必须无聊地坐在这里。"库奇嘀咕。

"我完全没有心情坐那个。"薇珂说道。

"我也是,我不喜欢头朝地。"

"那边有一个很不错的滑梯。"

薇珂指向一个巨大的起伏滑梯。

"我们去那里!"

"但椅子呢?椅子怎么办?"

"我想到了,"薇珂说,"你可以把它变成透明的,这样就没有人会把它拿走了。"

"那我们怎么找到它?"

"你怎么这么笨。我们肯定知道将它放在哪里了。我们要记住地点。"

库奇迟疑了一会儿。他看了一眼在"宇宙赛跑人"上旋转的哥哥姐姐。

"好吧。"

他坐到椅子上,说道:

"请你变成透明的。"

椅子立刻消失了,来往的行人吃惊地看着坐在空气上的小男孩。库奇站起来,抓住透明椅子的扶手。

"我们把它藏到哪里去?"

"藏到纪念品小店后面。"

他们跑向黄色的小店,那里在卖各种票和纪念品。他们将透明的椅子放在小店后面。

"我们只要记住这个小店上面写着'扎拉赫古尔',还是黄色的就可以了。"薇珂说。

库奇小声地对透明的椅子说道:

"你哪儿也别去,明白吗?"

然后他和薇珂一起跑向滑梯。

滑梯名叫台风,有一百米长,像真正的大海一样上下翻滚。人们坐在充气的皮圈里,皮圈弹跳着,快速滑下去,最后掉入水中。薇珂一边大笑一边喊着,好像疯子一样。库奇觉得有点奇怪,他从来没有想过姨妈也会笑。他们玩了八次,接着他们又跑去玩竞速赛车。在前三场比赛中,姨妈开得更快。第四场库奇赢了,他不想再冒输的风险,于是他们跑去玩过山车。车厢先驶上了金属建筑物的顶端,然后以疯狂的速度猛地冲下去。库奇和姨妈都在尖叫。在最危险的时刻,薇珂用尽全身的力气紧紧抓住库奇的手。

此时菲利普和托西亚正好从宇宙赛跑人上走出来,他们累得筋疲力尽,不停的旋转和脚朝天把他们搞得晕头转向。他们走向长椅,库奇和姨妈本该在那里等他们,但一个人也没有。

"他们去哪儿了?"菲利普叫道。

"可能他们去买喝的了?"

"那椅子呢?"

"不知道……"

"我们去找他们?"

"不行。我们必须在这里等,不然我们会走失的。"

此时,库奇完全忘了哥哥姐姐正在等他。他和薇珂又发现一个叫"疯狂的袋鼠"的新娱乐项目。人们在巨大的橡胶平台上跳来跳去,反弹起两层楼那么高。降落时,依据每个人的喜好,可以两条腿站着,也可以坐到座位上。库奇和迷你姨妈拉着手,像疯狂的足球一样弹起来。他们笑得那么开心,都快要不能呼吸了。

菲利普和托西亚越来越不安。菲利普从长椅上站起来。

"马上就要四点了。我们必须找到他们!"

"如果他们回到这里呢?"

"真可惜,忘了给每个人变一部手机了。"

菲利普在票上写道:"库奇! 如果你们回来了,就在这里等着。"他用口香糖将票粘到长椅上。

"来吧!"

此时库奇和薇珂刚好从"疯狂的袋鼠"那里走了出来,他们气喘吁吁,但玩得很开心。

"我们现在去哪儿?"

库奇还没来得及回答,他们就听见了钟声。库奇和薇珂同时喊道:

"四点了!"

"我们必须回去!"

他们在摩天轮间的小道上狂奔。

"你还记得我们把椅子放在哪儿了吗?"

"我当然记得。黄色的小店,上面写着'扎拉赫古尔'……"

"我看见了,在这里!"

"但那边也是……"

在两条小道的交叉路口,每一条上都有一个写着"扎拉赫古尔"的黄色小店,远处还有更多。

"薇珂!这里都是这个!这见鬼的小店到处都是!我们怎么才能找到我们的那个?"

"我们必须一个个找……"

他们绕着每一个小店转悠,在空气中挥动着双手,想触碰到透明的椅子。但哪儿也找不到它。

最后库奇坐在草地上,用手捂住脸。他感到非常绝望。

"因为我,父母再也不会回到我们身边了,永远都回不来了!菲利普会杀了我的。因为这都是我的错!"

薇珂坐在库奇身边。

"别紧张。我们还是能找到它的。"

"怎么找？哪儿也找不到它,我们再也找不到它了。这都是我的错……"

此时,在扎拉赫古尔城堡最里面,有一间黄色的小店,满头银发的售货员摆出一块牌子,上面写着:"午饭时间,休息。"他小心地关上门,朝食堂的方向走去。突然他被绊了一下:

"啊！"

他扶着膝盖,开始揉搓。接着他惊奇地向四周看了看,面前什么也没有。他想继续走,但马上又碰到了什么东西然后被绊倒了。他没有摔在地上,而是抓住了某个看不见的东西。他有一种错觉,好像自己坐在椅子上。看不见的椅子！

"到底见什么鬼了?"他害怕地小声说,"我是疯了还是怎么了? ……我感觉像是坐在了什么的上面……"

他是如此害怕,以至于没有勇气往前走。他只是稍微站起来一点,然后往下看,他下面什么也没有,他坐在空气上！

"我可能是疯了……"被吓坏了的男子说,"我知道曾经有一个在这个游乐场工作的人疯了……"他吼道,"我恨这份愚蠢的工作……最好断电了,然后这个见鬼的游乐场终于可以不再运行了！"

就在这一刻,电路上出现一道电火花。电线亮了一下后被烧坏了。立刻整个游乐场的灯都熄灭了,所有的摩天轮、过山车和电动汽车都停在原地。音乐停了,完全安静下来。著名的扎拉赫古尔城堡停运了。

人们先是短暂地沉默,然后开始惶恐地尖叫,特别是那些被关在摩天轮和魔鬼磨坊的人。叫得最响的是不幸被头朝下倒挂在"宇宙赛跑人"上的游客。

托西亚和菲利普停下来。

"是他们!"菲利普叫道,"他们肯定实施了某个愚蠢的魔法……"

"他们在那里!"托西亚指向广场,库奇和薇珂正站在那里。

他们跑向他俩。

"你们都干了些什么?"菲利普大喊。

"不是我们!"

"椅子去哪儿了?"

"我们不知道。"

"你们怎么会不知道?库奇,你说,你到底用它做了什么?"

"我把它变成透明的了。"

"为什么?"

"为了……为了别人不能把它偷走,但现在我们也找不到它了。"库奇说道,害怕地看着哥哥。

"你这个白痴!"菲利普叫喊。

"算了。我们必须在轮船开走前找到那把椅子。"

这时在游乐场内,骚动越来越大。维修人员试图修复故障,把关在摩天轮里的游客救出来。火警的警报在不停地响。不经意召唤出这场骚乱的银发出纳员,一边跑一边用手抓着透明的椅子。他在一名穿黑西装的人面前停下来,这个人正冲着手机喊话。

"经理!"出纳员喊道,"请您看一下!"

经理转过身。

"什么?你想干什么?"

出纳员将空手伸上前。

"请您碰一下。这是某个透明的东西,您就碰一下吧!这是某个见鬼的东西。"

"老兄,给我安静一点。你难道没看到现在是什么情况吗?快去救客人!"

经理朝救火车的方向跑去,那些车刚刚驶进游乐园。出纳员将透明椅子拿在手上,一动不动地站着,被奔跑的人群撞到,最后他把透明椅子扔得尽可能的远,然后逃掉了。

托西亚和其他孩子们在小道上跑,在惶恐的人群里挤来挤去。

"哪儿也找不到它!"托西亚大喊,"我们怎么能找到看不见的东西呢?"

他们无助地坐在长椅上,长椅挨着小动物园。库奇站在几步远的地方,他没有勇气走向哥哥姐姐。突然薇珂喊道:"你们看!"

在观看企鹅的围栏里有一只企鹅"挂"在空中。它既不动也不掉下来,好像站在某个看不见的东西上面。

"椅子在那里!我确定!"

"我过去!我了解动物的习性。"

托西亚跃过不高的围栏,朝"挂在空中的"企鹅走去。她伸出手,感觉到了椅子的扶手。

"是它!"

在椅子上的企鹅感兴趣地看着托西亚,并不想离开。更糟的是,其他企鹅开始把她团团围住。黑白相间的企鹅看起来像是一大群穿着制服的危险的保安,它们摇摆着,发出尖锐的声音,越来越靠近托西亚,它们将她包围住了。

"请冷静一点……我只是想拿回我的椅子,马上就走。让一下,我的小可爱。"

企鹅一动不动。托西亚四处看了看。在塑料碗里放着鱼,应该是有人拿给企鹅们作为晚餐。托西亚跑过去,拿了一条小青鱼。

"喂,小可爱。你的下午茶!"

她挥动着鱼。企鹅向托西亚的手张开嘴。她向后退,企鹅跳下透明的椅子。女孩把鱼扔给它,抓上椅子朝围栏跑去。企鹅跟在她后面,挥动着翅膀,但没有对她做任何不好的事。托西亚把椅子递给菲利普,快速跳过围栏。

"我们走!"

"等一下。我们必须解除这个魔法。"

菲利普坐到透明的椅子上,轻声地说了几个词,电又来了。灯亮了,摩天轮又开始转动了。

同时菲利普的下方也开始出现红椅子的轮廓,慢慢地,椅子出现了。

"欢迎回到看得见的世界。"菲利普说道,然后他们向出口跑去。

## 08

在安吉丽娜口岸的石岸边停泊着几艘游轮,但哪儿都找不到维多利亚女王号。孩子们跑着,在游客和纪念品店间穿梭。孩子们越来越不安,因为马上钟就要敲响六点了。他们跑到灯塔那里,那已经是码头的尽头了。

这时他们看见了那艘轮船。

巨大而宏伟的维多利亚女王号刚刚离开了港口。它离岸边已经有一百米,向茫茫大海的方向越行越远,只能看见窗户里面的乘客,听见甲板上管弦乐队演奏的音乐。

"我们来迟了!"绝望的托西亚小声道,"这回真的完了……"

他们无助地坐在岸边的石头上,菲利普气愤地踢着铁栏杆,所有人都没有说话。

载着父母的游轮越来越远,管弦乐队的音乐渐渐听不见了,在海面上飞翔的海鸥发出尖叫,它们的叫声盖住了音乐。

薇珂走到孩子们面前。

"托西亚……为什么你们不施魔法呢?现在那艘轮船还看得见啊,你们做些什么呗。"

"我们现在能做什么?"

"你就说你们想到那艘船上去。试试看!"

菲利普不情愿地站起来,他摆好椅子,坐了上去。

"如果它太用力地把我们射出去,我们会不会像冻住的木乃伊那样砸向月球?"

"我能一个人飞。"菲利普说道。

"不行。我们所有人都要飞!"

菲利普坐直身子,盯着轮船说道:

"我们想要到那艘轮船上去……我们想去那里!现在!"

他们等着某个力量把他们扔上空中或是台风将他们吹向大海,但什么也没有发生。突然,探照灯从海上灯塔上射了出来,强烈的光束直接射向轮船。远处传来奇怪的声音,光束开始摇晃。光突然被冻住了,好像冰或玻璃。光束变成一座长达几百米的桥,它像弓一样弯着,连接着岸边和轮船,一直伸向远去的维多利亚女王号。桥悬在空中,随着风轻轻地摇摆。

"我们走!"菲利普喊道,"快点!"

他们沿着弯曲的楼梯爬上灯塔的顶端,那儿是桥开始的地方。菲利普伸出脚,小心地碰了碰像玻璃一样透明的桥,然后更用力地踩了上去,桥没破,但开始摇摆,发出咯吱声。

"我们走。"

菲利普第一个走上光桥。他走得很慢,因为桥窄得只有人的手掌那么大,也没有扶手。大海在桥下翻腾。菲利普将红椅子抓在他前面用来保持平衡,就像马戏团的小丑在走钢丝。托西亚在菲利普后面,接着是库奇,他小声说道:

"我感觉会有麻烦!"

薇珂走在最后。她的身体因为害怕而发抖,因为她有恐高症。她讨厌这座桥,但还是往前走。

"快走!你们别向下看!"菲利普叫道。

他们默默地朝轮船的方向走去。

一辆黑色的摩托车开到了港口,它迅速地停了下来。马科斯目瞪口呆地看着孩子们沿着光束前进。他扔下摩托车,爬上灯塔。接着他走上桥,因为他的体重,桥开始摇晃。

孩子们感觉到了摇晃,但没有去管这个。他们是如此害怕,以至于没有工夫去管其他事情。他们觉得自己好像是走在易碎的冰上或是很薄的玻璃上,而且马上就要破了,脆弱得就像圣诞树上的小灯泡。海鸥在他们头上方飞旋,发出恐怖的叫声。因为没有扶手,所以他们担心随时会掉入海中。他们走到了桥的中间,那里弓形弧度最高,薇珂看着脚下,站着不敢动。

"我不敢……"她小声说道,"我不想再往前走了。"

她闭上眼,害怕得发抖,库奇伸出手喊道:

"把你的手给我,把手给我!"

薇珂没有反应,她一动不动地站着。库奇向她的方向走了一步,玻璃桥危险地摇晃起来。他抓住薇珂的手。

"别害怕,你慢慢走。"

"我不想走。"

"你闭上眼睛,然后往前走……求你了!"他拉着她的手。

薇珂闭上眼睛向前走。她在黑暗中前进,由库奇带着,就像一个瞎子跟着向导。桥是弓形的,现在开始往下,光滑的桥面像冰一样滑。

突然起风了,桥也跟着摇晃。菲利普拿着椅子蹒跚着前进,努力想获得平衡。跟在他后面的托西亚滑倒了。她顺着光滑的桥面向下滑,撞到了菲利普的脚,于是他也跟着向下滑。桥摇晃得更加厉害,库奇和抓着他手的薇珂也摔倒了,他们同样向下滑去。所有人顺着光滑的弓形向桥的底部滑行。这是一段极度危险的旅程。桥像楼梯扶手一样窄,却像冰柱一样滑,下面是咆哮的大海。

孩子们越滑越快,他们试图停下来,但尖锐的边缘划破了他们的皮肤,所以他们必须一直滑,不能停。巨大的轮船离他们越来越近。桥在船后面的甲板上翘了起来,就像是一块跳板。

维多利亚女王号最上层的甲板上有一家意大利餐厅。

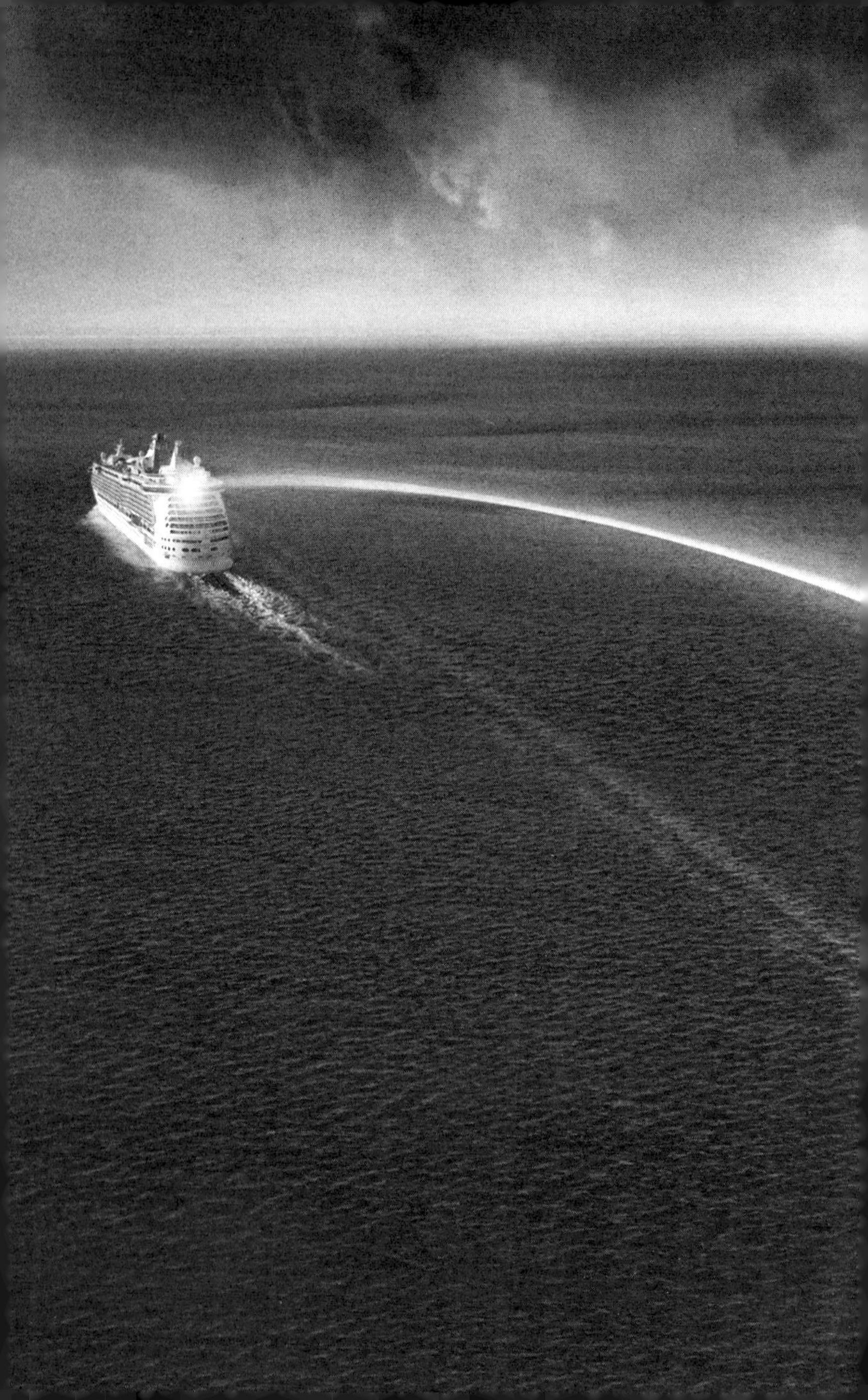

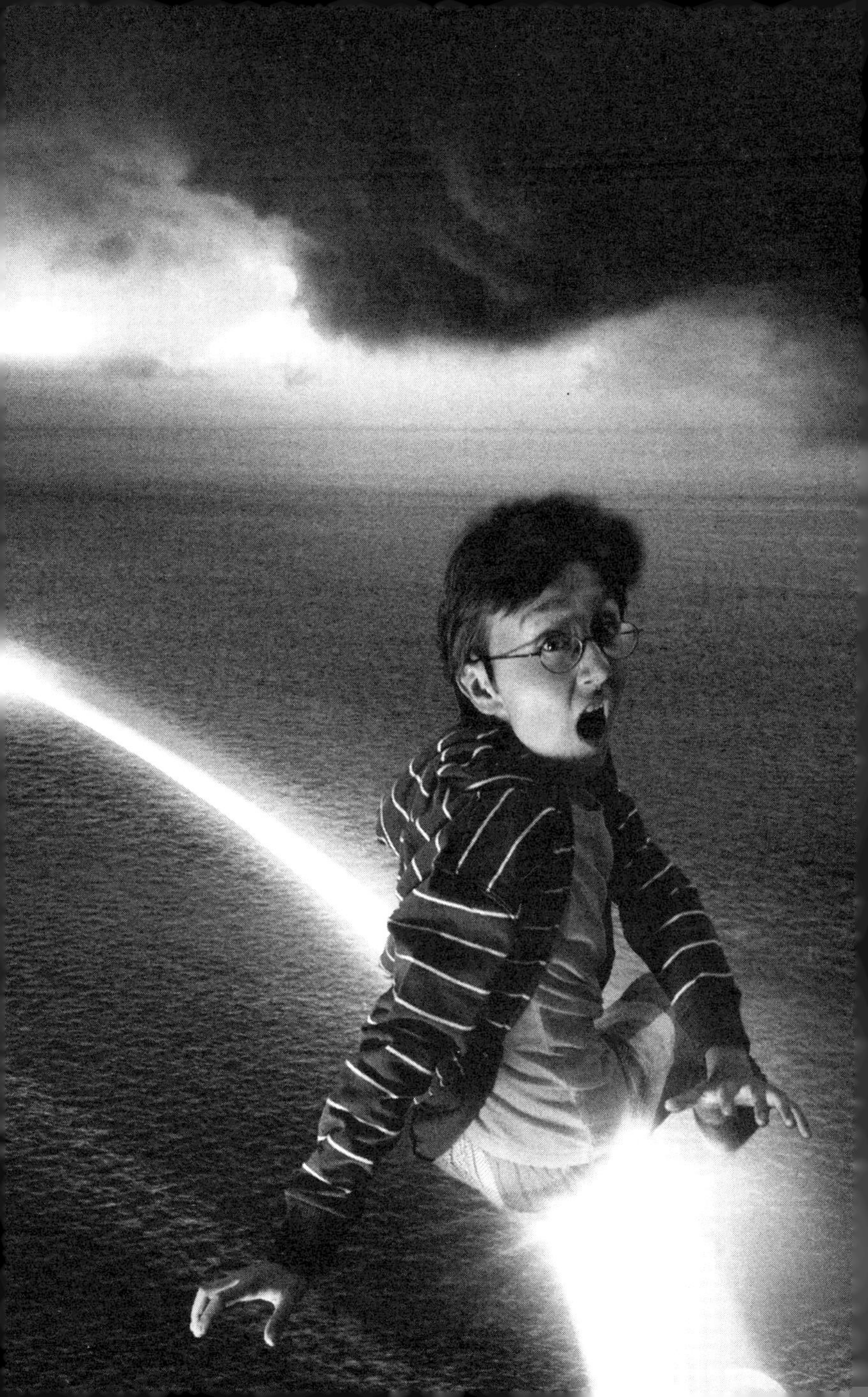

厨师们正在制作精致的鳀鱼酸豆意大利面,突然他们听见天花板上传来很响的撞击声,所有的盘子都跳了起来。所有人都同时抬起脑袋,看向上方。过了一会儿,传来第二声撞击,然后紧接着又有两声。

"出什么事了?"厨师长问道。

"我不知道……我去检查一下。"最年轻的厨师放下刀,搓了搓手,爬上通往最高一层甲板的楼梯,那里放着风扇和电线。他四处张望,太阳让他眼睛都睁不开,但除了一群海鸥绕着烟囱飞以外,他什么也没有看见。他耸了耸肩,回到厨房。这时,在维多利亚女王号红色烟囱的后面,菲利普探出脑袋来,他挥了挥手,托西亚、库奇和小薇珂也出来了。

"快点!"菲利普拿上椅子,向金属楼梯的方向跑去。

"你对那座桥做了什么?"库奇问道。

"我命令那座桥掉入海中。"

"但愿没有人跟在我们后面。"

巨大的海浪过去了,露出马科斯的头,四周都是光桥的碎片。马科斯绝望地挥动双手,又有一个浪花将他卷了起来,这时他看着渐渐远去的轮船,喊道:

"救命!你们快来救我!"

但没有人听得见,轮船开走了,虽然马科斯死命地想追上它。

维多利亚女王号有五层观景甲板。这里的游客有的躺在舒适的帆布躺椅上晒日光浴,有的通过巨大的望远镜看大海。

孩子们上了头等舱的甲板,在晒太阳的游客间寻找父母,并透过圆窗户向船舱里搜索。

"爸爸妈妈可能在哪儿?这里有一千个房间。"

"你们听这音乐……"

"对不起,你们是来自头等舱吗?"

他们转过身,一名穿着红色制服系着金色纽扣的人站在面前。

"你们是来自头等舱吗?"他重复道,冲着孩子们微笑。

孩子们不确定地相互看了看。

"是的,我们是……"托西亚迅速撒谎。

"那跟我来。"

他们没有其他办法,只能跟着他走。那名男子一边朝走廊尽头宽阔的大门走去,一边不停地说话。

"今天我们给来自头等舱的孩子们准备了活动,你们的父母没有跟你们说吗?"

"没有……"

"我带你们去,那个活动很有意思,你们住在哪个房间?我有点记不起你们……"

他们还没有来得及回答,就被带到一个巨大的房间里,这里有一群孩子穿成牙齿的模样,一个穿着粉色章鱼服的女孩高声地冲麦克风叫喊:

"啊!真有趣。我们即将开始新一轮的牙齿比赛。谁先开始?"

穿制服的人留下他们,然后走了。

"我们快逃离这里?"库奇小声说。

"不能所有人都逃了,"菲利普决定,"库奇和薇珂带着椅子留在这里,而我和托西亚去找爸爸妈妈。"

"我也想去!"库奇抗议。

"别叫了。如果找到他们,就会回来接你们的。只是这次别再搞什么名堂了,你们就假装是乘客,然后安静地坐着。"

"如果他们问我们来自哪里呢?"

"那你们就假装说马达加斯加语。"托西亚说道。

他们跑走了。库奇和薇珂小心翼翼地四处看了看大厅,粉色章鱼走向两人。

"你们难道不想玩吗？快加入我们。"

她把他们拉到大厅中间，周围都是玩耍的孩子们。

托西亚和菲利普在第二条走廊上跑。走廊尽头是宽阔的楼梯，一直通向一个巨大的大厅，里面全是店铺和咖啡厅。他俩看呆了，他们没有想到轮船里面会有一个巨大的超市。他们跑下楼梯，在乘客间挤来挤去。托西亚看到大厅中央有一个挂着"信息处"牌子的地方。柜台后坐着一个身穿绿色制服的水手。他微笑着看向孩子们。

"有什么需要吗？"

"我们在找罗斯夫妇。"托西亚说道。

"罗斯……我知道了。他们是管弦乐队的音乐家？"

"是的！"

"七点他们将在美好的生活咖啡厅演奏。在十二层甲板上。你们可以坐那边的电梯去。"他用手指了一下长廊的方向，那边有很多电梯。

库奇和薇珂已经参加了好几项游戏了。库奇不情愿地玩着，因为他一直在想爸爸妈妈，他越来越不安。不过薇珂玩得很开心，她将自己装在袋子里比谁都跳得快，她将球踢入目标，她可以不用手就吃到带奶油的小蛋糕。她开心地笑着，玩耍着，好像真的是一个七岁的小女孩。成年姨妈的影子已经完全不见了，薇珂就是一个真正的小孩子。

主持派对的女孩宣布休息一下。上气不接下气的孩子们跑向自助餐区去拿饮料和糖果。库奇和薇珂带上椅子逃到甲板上。他们坐在长椅上。在远处,蓝色的海水发出巨大的声响。起风了,薇珂试图把自己的头发编起来,免得头发吹进眼睛里。

"你知道吗?"库奇说道,"等我们解除了爸爸妈妈身上的魔法,就和爸妈一起乘坐这艘轮船旅行,我们可以周游世界。或者我们自己变出一艘轮船,我将会是船长。"

"那我……我能跟你们一起旅游吗?"薇珂问道。

库奇耸了耸肩膀。

"你说什么呢? 再过一个小时你就会重新变成令人讨厌的姨妈。你会是一个大人,没有人会想和你一起旅行。"

小女孩停止编头发,害怕地看着他。

"但我可以一直像现在这样。"

"不可以。"

"为什么?"

"你有房子、身份和工作。如果你消失了,他们会来找你的……而且你自己也想重新变成大人。"

"我现在不想变大了! 不想!"

"这怎么行? 我们的父母肯定会要求把你变成和以前一样的。"

"那我会长成什么样?"薇珂害怕地问道。

"怎么？你已经忘了。你会很可怕。哦,你看见那边的女士了吗。你会跟她一样。"

薇珂看了看穿着黑色裙子瘦瘦的女乘客,她正拉着一个孩子的手,孩子拼命想挣脱。女人冲孩子喊道：

"过来,你这个可恶的小神经病！来!"

薇珂害怕地看着那可怕的女人。

"我不想变成那样。我求你了,你告诉他们,我不想变。你告诉他们,我不想……"

库奇没有听她讲话,他转过头。音乐声从远处传来。管弦乐队的音乐。

"你听见了吗？那边是我们的爸爸妈妈,这是我妈妈在吹……我敢肯定!"

库奇站起来。

"我必须去看他们……你待在这里,但你必须保证不去动椅子。你明白吗？不能施展任何魔法!"

库奇跑向通向上面一层甲板的楼梯。他没有注意到,薇珂用一种奇怪的眼神看着他。小女孩擦去眼泪,小声说道：

"我不想变成那样,永远都不要!"

她抓住椅子,拿着它跑向轮船的护栏,她看着大海在下面咆哮,轻声对红椅子说道：

"我恨你!"

接着她将它扔出护栏。椅子坠了下去,掉进大海里,溅起许多水花。薇珂看着它漂走,离轮船越来越远,变得越来越小。过了一会儿,红椅子已经看不见了。这时,小女孩坐在甲板上,开始哭泣。

库奇走在迷宫般的走廊上,努力寻找传出音乐的地方。最后他看见一个玻璃门上写着"美好的生活",他推开门,看见了父母。

他们和其他音乐家一起坐在高高的舞台上。妈妈穿着黑色的裙子,戴着太阳眼镜,爸爸穿着黑西装站在她旁边。他们在吹奏一首缓慢而忧郁的曲调,而人们跳着舞,其他乘客坐在柔软的沙发上喝饮料。服务生端着托盘在餐厅里转悠。库奇什么都没有注意到,他就像着了迷一样走向父母,他明白在他们的魔法还没有被解除之前不能让他们看到自己。但他控制不住自己,想靠近他们。突然他听到:

"库奇! 站住!"

在假的棕榈树后面坐着躲起来的菲利普和托西亚,菲利普把库奇拉到他们的藏身处。

"你为什么到这里来?"他小声问道。

"我想看看爸爸妈妈。"

"你把椅子留在那里了!?"

"姨妈在看管着它!"

菲利普不安地看着他,站起来,跑向出口。托西亚和库奇紧跟在后面。

他们跑上甲板,薇珂就待在那里,坐在护栏旁的椅子上,用手捂住脸。

"椅子去哪儿了?"菲利普喊道。

薇珂没有回答。

"你对它做了什么? 说!"

她慢慢地抬起头,看了看孩子们,小声说道:

"我把它扔了。"

"什么?"

"我把它扔到大海里了。"

"为什么?"

"我不想……变成大人。"

"你太可恶了!"库奇绝望地叫道,"你这个可恶的骗子!"

马科斯拼命地想追上维多利亚女王号。巨大的海浪一次次打在他身上,慢慢地,他使不上劲了,开始下沉。

这时,他看见一个东西。当海浪把他抬起来时,他看见远处的海面上有一个红色的物体。他睁大眼睛。一把椅子浮在海面上!

马科斯开始死命地向它的方向游去,他用尽剩余的力气奋力靠近椅子,试图抓住它,但海浪总是将他推开。他已经没有力气了,他呛水了,接着开始下沉。这时某个具有怜悯之心的海浪将他托起,放在椅子上。马科斯用尽最后的力气坐上椅子,然后绝望地喊道:

"救救我!求你了,救救我……我想到那里去,到船上去。"

海浪没过了他的嘴巴,但他将海水吐了出来,用手抓住椅子的扶手继续喊:

"救救我,我求你了!我再也不骗人了!我再也不偷东西了!我再也不做坏事了!我会把椅子还给他们的……我会还给他们的。我发誓!只要你救救我!我保证!救救我!"

这时一个巨浪打过来。浪有房子那么高,海啸般的巨浪向他的方向前进。海浪将马科斯抬起,把他和椅子一起卷走了。

托西亚、菲利普和库奇挤在甲板的角落里坐着。薇珂一个人坐在离他们很远的地方。他们不知道该怎么办,因为完全没有办法,他们真的无能为力了。最后托西亚站了起来。

"我们走。"

"去哪儿?"库奇问。

"去爸爸妈妈那儿。"

"你疯了?"菲利普喊道,"他们现在可是……"

"我知道。但我们什么都没有了。"

她朝甲板的方向走去,管弦乐队正在那边弹奏。

菲利普和库奇跟在她后面。

小薇珂一个人待着。她双手捂着脸,小声地哭泣。这时她听见一个奇怪的声音,砰的一声,好像是彗星飞过或是巨大的雪崩。小女孩转过身。她看见海水在视野里升起,朝她的方向袭来。巨大的海啸涌上来,非常大,比维多利亚女王号还要大。海浪以巨大的速度前进,发出恐怖的呼啸声。薇珂遮住头,闭上眼睛。海浪打到轮船上,轮船摇摆不定。大量的海水淹没了最上面的甲板,过了一会儿又流走了。接着,海面重新平静下来,变得安静和温和。薇珂拿开手。

红色的椅子立在甲板上,上面坐着滴着水的马科斯。

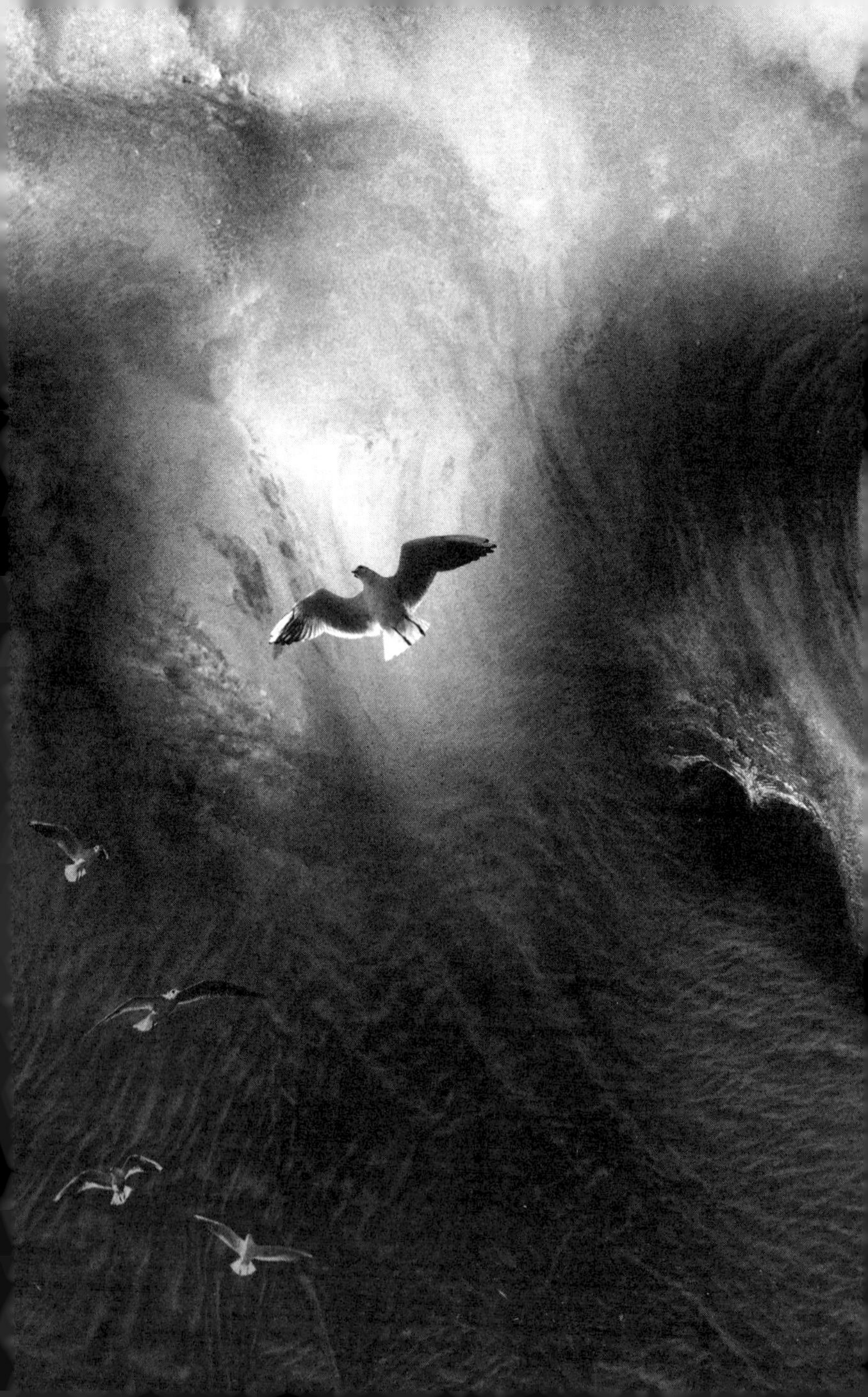

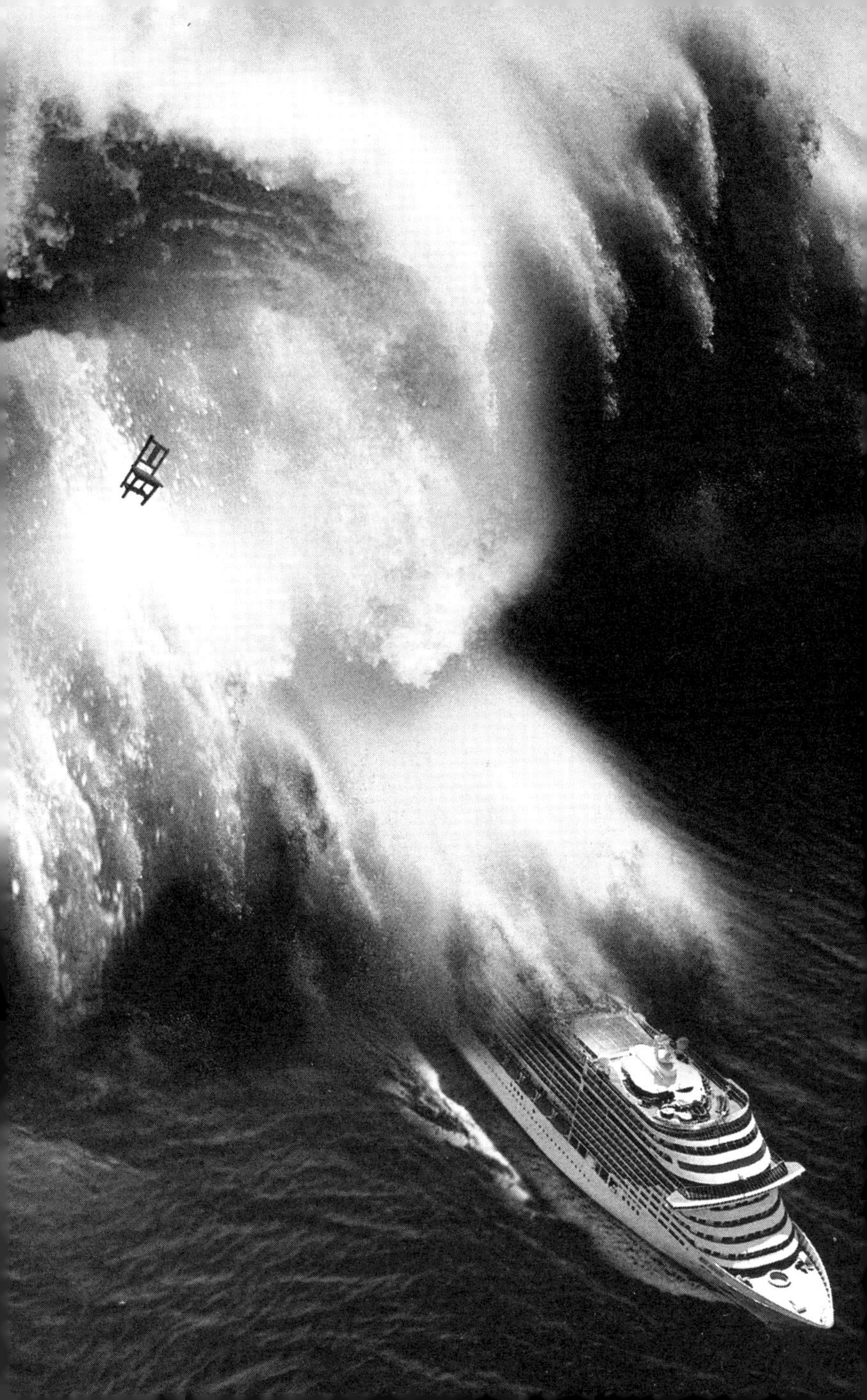

薇珂站了起来。

"你从哪儿得到这把椅子的?"

马科斯意识模糊地四处扫视,然后擦去脸上的水,看着薇珂。她正朝他走去并高喊道:

"你从哪儿得到的?把它还给我!"

马科斯没有回答,他慢慢地从椅子上站起来,用身体挡住它。

"把它还给我,"薇珂小声地恳求,"我想把它要回来……"

马科斯抓住椅子。

"把它还给我!求您了……"薇珂小声说道。

马科斯紧紧握住红椅子的把手,看着小女孩。

接着他慢慢伸出手去,将这个神奇的东西还给了她。

"谢谢……"薇珂大喊,带着椅子冲向楼梯。

马科斯看着她,并没有感到后悔。人生第一次,他把东西还给了别人。他感觉棒极了。

菲利普、托西亚和库奇慢慢地朝管弦乐队演奏的舞台走

去。父母没有注意到他们,托西亚大喊一声:

"妈妈!"

妈妈转过头,看见孩子们。她吃惊地看着他们,接着站起身来,向他们跑去。

"你们在这里做什么?"她问。

"我们来找你们。"

"什么?"妈妈转身叫道,"皮特!你看!他们在这里!很显然他们藏在轮船上,一直跟着我们过来。"

爸爸停止演奏,放下小提琴,走到孩子们跟前。他的脸因为愤怒而扭曲。

"你们疯了吗!谁来给你们埋单?"

孩子们绝望地看着生气的父母。在灵魂深处,他们幻想着眼前的景象会有所改变,但魔法继续存在。妈妈喊道:

"为什么你们总是什么事都来搅局?这里这么美好……这么宁静!但你们把一切都破坏了!"

"妈妈,我们来这里,你难道不感到高兴吗?"托西亚绝望地问道。

"我为什么要高兴?因为麻烦来了吗?我们会因为你们而丢掉工作的!"

"妈妈!"

管弦乐队的音乐家惊奇地看着他们,一直站在门口的餐

厅经理朝他们走来,爸爸生气地大喊:

"你们难道没有看到我们正忙着吗?让我们清静一点,到别的地方去!"

父亲拿起小提琴,重新开始演奏。妈妈再看了一眼孩子们,用嘘声说:

"离开这里!"

然后她也继续去演奏了。

孩子们吃惊地看着父母一会儿,只得转过身,朝出口走去,他们慢慢地走,毫无目的,因为他们不知道该去哪里。他们已经没有任何希望了。这时,他们听到一个喊叫声:

"托西亚!菲利普!库奇!"

薇珂冲过甲板。她手里拿着红椅子跑过来,一句话也没说,把椅子放在惊呆了的孩子们面前。托西亚想问些什么,但库奇等不及了。他立刻坐到椅子上,看着父母。他仿佛带着某种不寻常的力量,全神贯注地看着父母,开始说道:

"我希望……我希望我们的爸爸妈妈跟以前一样,回到我们身边!爱我们,再也不离开我们。"

这时一切都安静下来。管弦乐队停止演奏,而人们也停止跳舞,甚至连大海都静止不动了。甲板上的所有人都在无言的期待中一动不动。全场一片安静。

妈妈慢慢地放下大提琴,她取下太阳镜,爸爸也放下手中的小提琴,转过头。两人看着自己的孩子们。他们看着孩子们,好像突然从梦中苏醒过来,从一场噩梦中苏醒过来。孩子们一动不动地站着。他们在等待。妈妈先朝孩子们的方向跑来,爸爸紧随其后。他们越过几个台阶,跳下舞台,冲向孩子们。孩子们也朝他们的方向跑去。人群分开两边,他们相互跑向对方,什么也不能阻止他们。

"妈妈!"

库奇抓住妈妈的手,她用全身力气抱紧他,爸爸抓住菲利普的肩膀将他抱住,托西亚靠在爸爸的肩膀上,抓住妈妈的手,好像要尽可能地离他们俩近一点。他们就这样站在一起,相互依偎着,忘了所有的不愉快,因为他们相信不好的事情已经过去,并且再也不会发生了。

## ⑨

加拉帕戈斯群岛上的巨龟、多哥的微型河马、海地的金色蝴蝶云和奥里诺科河的飞鱼,他们经过这些风景,然后又离开了。还有高楼林立的大都市和只有一座房子的小岛屿。妈妈微笑着,菲利普和爸爸从船边跳入温暖的大海中,尽管这有点危险。托西亚亲吻着海豚的鼻子。还有暴风雨,还有……

"库奇,该去睡觉了。"

"等我看完嘛。"库奇恳求道。

"你已经看了一百遍了。"

妈妈拿走儿子手中的银色相册,将它合上放好。自从他们回到家以后,每天晚上库奇都要将它拿出来,看他们旅行的照片,其他人也看照片,从不间断。因为他们还不能适应已经不在摇晃的大海上了,每天早上他们都在同一个地方醒来,从不寻常的环球之旅回到平凡的生活中,并不是一件容易的事。

"妈妈,什么时候我们还能出去远行?"

"我不知道。现在我想跟你们在一起,待在自己的家里。"

"当然,你要跟我们在一起,但我们可以一起开车去其他地方或是飞去……整天待在一个地方太无聊了。"

"我们刚回到家才一个月!"

"没错,但这个月已经让我们觉得无聊了!"菲利普喊道。

"但我希望尽可能地就这么美好地无聊着、宁静着,"妈妈说,"而且你们还要去上学。"

"我们不要!"库奇大叫,"我们可以把学校变成……"

"嘘……"爸爸捂住他的嘴,看向开着的窗户,"你忘了吗,不能大声说这件事。"

"为什么我们不行?"

"因为没有人可以知道它,对吗?"托西亚说道。

"对的。没有人,任何时候也不行。"

他们看向红椅子,它就在小床旁边,看起来也有些无聊。父母规定每周只能施展一次魔法,而且必须是邻居注意不到的那种魔法。

"无论如何今天我们不能去旅行,所以你们去睡觉吧,"妈妈坚定地说,"晚安,库奇。晚安,菲利普。去睡觉了。晚安,托西亚。"

妈妈亲吻了每一个孩子,然后关上了灯。

"那我呢? 你总是把我忘了!"

妈妈转过身。

在窗边的小床上躺着小薇珂,她责备地看了一眼,妈妈跑向她。

"对不起,亲爱的姐姐。我还是不习惯我现在有四个孩子了。"

"但今天是我的生日!"薇珂叫道,"你们所有人都忘了!"

"姨妈今天生日?"库奇问。

"是的。我四十岁了!也就是八岁了。"

孩子们跳下床,跑向薇珂。妈妈坐在她旁边,开心地说:

"亲爱的薇珂,祝你万事如意。祝你能够实现你最大的梦想,祝你……"

"妈妈!小心!"孩子们大喊。

"什么?怎么了?"妈妈困惑地问。

"你坐在椅子上。"

妈妈从椅子上站起来,她总是忘记这不是一件普通的家具!她不安地看了看四周。

"别担心,"爸爸一边说,一边抱住妈妈,"什么都不会发生的,因为……"

砰的一声,从房子内部的某个地方传来奇怪的声音,好像有人在移动一块巨大的沉甸甸的石头。

"这是什么?"

"我不知道……"

"我觉得要有麻烦了……"

砰！好像有一个石头怪兽将脚踩在屋顶上，所有的东西都摇晃起来，装着花的花瓶跌落到地板上。

"又出什么事了？"妈妈小声说。

房子在摇晃，像飞机起飞前一样在震动。

"或许是地震了？"

爸爸跑向薇珂。

"你许了什么愿，说！"

"我……"

房子又开始摇晃了，泥灰从天花板掉落，模型船也从柜子上掉了下来。

"薇珂！认真点！你到底许了什么愿？！"托西亚大喊。

"嗯……我的愿望跟你们的一样……"

"那是什么？"

"我想再飞去旅行。"

"飞去？"

"嗯，是的。因为飞行比乘船更舒服一点。"

"什么？你不是害怕坐飞机吗！"

"但我现在不害怕了。"

砰！房子跳起来，吊灯像旋转木马一样转动，然后熄灭了。妈妈抓住库奇的手。

"你们去躲起来……快点!"

他们想跑,但这一刻房子开始摇晃,使他们所有人都滚回地毯上。房子倾斜了。小床垂直立起来,一些东西飞出了窗户。他们在地板上打滚,试着抓住某个东西。

"爸爸!"

这时传来一个破碎的声音,就像是有人拔了巨人的牙齿,接着是一片安静。只有房子在微微地摇晃。

爸爸跑向阳台,其他人跟在他身后。

他们向下看,看见街道渐渐远去。房子脱离了它的地基,升到了空中!

"爸爸!我们在飞。我们在飞!"

房子轻轻地飞,没有发出任何噪声,微微地摇晃着。

"你们快解除这个魔法!"妈妈高喊。

他们开始寻找那把红色的椅子,但在翻倒的家具里完全看不到它的身影。

"它掉下去了。"薇珂在阳台上叫道,他们跑向她。

椅子躺在房子前的草地上。已经离得很远了,他们够不到了,而房子还在继续上升,越来越高。

"我们怎么才能拿到它?"菲利普大喊。

"你还不如说我们怎么才能回到地面。"托西亚小声说。

窗外飞过鸟儿和云朵,风将房子吹向大海的方向。城市的灯火慢慢地被他们留在了身后,他们像一艘飞艇或是奇怪的宇宙飞船那样前进。

"哦,完了,"库奇说,"我们要一直这样飞到世界的尽头。"

"别生我的气,"薇珂小声说道,"我只是想要飞着去旅行!你们之前也想要这样的。"

"但我们想要之后能够回去!能回去的旅行才是好的,你懂吗!"

"别冲她吼。"妈妈抱住薇珂。

"一切都会没事的……我们会想办法的,对吗,爸爸?"托西亚问道。

"是的,肯定会有办法的。"

妈妈点了蜡烛,菲利普打开手电筒,从地面上看,房子就像一颗星星。地下的城市离他们很远了。尽管他们站在阳台上,但没有人能够看到,红色的椅子正在慢慢从草地上站起来,向上升。它悬在空中,调过头,好像在考虑往哪儿飞,它好像是在找什么。在黑暗的天空中有几百颗星星闪着光,但只有一颗星星在慢慢地移动。红椅子径直朝那颗星星的方向飞去。